SUMERIO

ISBN: 978-0-578-91533-3

Para Mami "Chiqui" Mercedes

ÍNDICE

1

EL GRAN TEMBLOR

Y LA TIERRA SE MOVIÓ...PERO NADIE EN EL EXTERIOR SE DIO cuenta. Todos andaban con sus caras pegadas a sus móviles, pegadas a sus computadoras, pegadas a su tecnología. Tanto así, que la tecnología se había convertido en el rostro identificador de la esencia de los seres humanos. Si supieran que en un futuro no muy lejano esta les salvaría la vida, andarían muy orgullosos y se sentirían muy completos. Pero si por el contrario conocieran que el abuso de una mentalidad enfermiza atada a la ambición multiplicada por la tecnología misma sería la causa de que su vida corra peligro en primer lugar, entonces les haría pensar dos veces.

Alrededor del mundo, la tierra continuó temblando, los océanos continuaron subiendo, el oxígeno iba disminuyendo y el fuego amenazaba con brotar del suelo en búsqueda de consumir al depredador al tope de la cadena alimenticia. Estas señales no se trataban de un Apocalipsis definitivo, al menos no en este instante. Se trataba de una llamada. La llamada única, la llamada más importante que el mundo experimentaba cada varios millones de años para determinar el futuro de la existencia de cada ser vivo sobre la superficie del planeta tierra. Y todo ocurriría justo bajo sus narices. Narices tapadas por vanidad y ambición.

Ahora bien, si bajamos al punto más profundo que puedas imaginar, no sería suficiente. Tendríamos que bajar más allá de los seis pies bajo tierra. Más allá de dónde los restos de los dinosaurios que aún no hemos descubierto están enterrados. Más allá de donde las raíces del árbol más grande del mundo andan escondidas, más allá incluso del río Styx donde Hades una vez laboraba incansablemente. Más allá. Al punto exacto, donde el tiempo y el espacio son infinitos en una realidad limitada. Desde allí se responde a la llamada. Y quienes la responden... pues no lo vas a creer. Quienes responden a la llamada son aquellos que guardan los secretos de todo lo que es capaz de cubrir nuestro entendimiento. Son los guardianes de todos nuestros conceptos: científicos, matemáticos, históricos, artísticos. Son la musa de los altares religiosos más famosos de todos los tiempos, y los sospechosos principales detrás de cada mito. Son nuestro principio y, como podremos ver dentro de poco, se pueden convertir en nuestro fin.

Allá en el punto exacto, en el centro del planeta que acordamos llamar Tierra, se conoce que existe, o al menos se espera, el denso calor que parece ser infinito bajo la perspectiva humana. Donde habita la lava y el origen del movimiento de las placas más fundamentales de los suelos que mantienen la superficie a flote. Lo que existe en realidad: un hueco. Una esfera gigante, perfecta configurada con niveles a lo alto y a lo ancho como si fuera una especie de capitolio subterráneo normalmente ocupado por los miembros del congreso más importante de nuestro sistema solar. Al tope de nuestro capitolio subterráneo, en el centro, se encuentra una especie de placa hecha de roca sólida, con símbolos antiguos imposibles de descifrar por un ser humano. Al fondo, una versión duplicada más pequeña de este símbolo con jeroglíficos sirve de entrada para quienes están a punto de iniciar la sesión. No existe calor ni frío en este espacio tan céntrico. La iluminación es opaca e intermitente entre colores rojo, anaranjado, amarillo, y marrón dando la impresión de que estas en algo así como un sueño, alguna alucinación o realidad alterna. En el espacio solo se escuchan los bajos y densos rugidos de todo lo que es todo en este planeta moviéndose a su ritmo. Todo respirando desde ese epicentro.

De momento todo se detiene, y un silencio allana la existencia entera. Tanto así que la ausencia misma del sonido se puede escuchar. Lentamente se abre el portal al fondo del capitolio subterráneo y no se divisa nada más que un hueco oscuro al descubierto. Instantáneamente un rayo de luz de intensos colores entra volando por el portal y se detiene en seco en el centro del espacio, suspendido en el aire como una estrella con su propia órbita. La luz emite un silbido tan agudo que es inaudible para cualquier ser vivo en la superficie. Acto seguido se escucha un murmullo de multitud que se aproxima. Por el portal oscuro se deslizan cuerpos de sustancias que se mueven por las paredes y el espacio en todas direcciones. Poco a poco se pueden distinguir voces individuales del murmullo entre la multitud. Se logran capturar pedazos de conversaciones, discusiones y de sonidos que parecen ser carcajadas o reclamos. A medida que el capitolio subterráneo se va ocupando de estas sustancias conversadoras, cada una va tomando su respectivo espacio en diversos niveles de la esfera. Ya acomodados las sustancias toman su forma final y se descubren sus cuerpos. Algunos de estos son altos y delgados con figuras como alfileres flotando alrededor de su cabeza, otros son más bajos y tienen la habilidad de dividirse por la mitad como si estuvieran hechos de plastilina, unos llenos de escamas por el cuerpo entero, otros cubiertos de superficies ásperas y rocosas con formas en la piel que parecen como códigos tatuados, y otros como erizos cubriendo por toda su superficie. El único rasgo físico que comparten en común estos seres es que llevan en su pecho y en la nuca una insignia redonda con el mismo jeroglífico que la gran placa en piedra que se encuentra en la parte superior e inferior de la esfera.

Todos ya estaban en posición. El capitolio subterráneo ahora parece una orquesta con sus músicos listos para comenzar. Solo falta el director musical...o los directores. Desde la insignia de piedra al tope de la esfera se comienzan a filtrar unas partículas que abarrotaron el aire como polen en primavera. En un momento flotando y luego en el próximo en un fugaz abrir y cerrar de ojos las partículas se unen para formar cuatro cuerpos, cuatro seres, que con nada más mirarlos, se sabe que son hechos de divinidad eterna. Los demás cuerpos hicieron silencio gradualmente al uno de estos cuatro seres levantar sus brazos. Otro temblor repentino se sintió desde dentro del capitolio subterráneo y la llamada ya estaba a punto de comenzar. Los cuatro seres junto al símbolo de piedra al tope de la esfera se dirigieron hacia el centro proximos al rayo de luz. Acto seguido la placa rocosa en el tope de la esfera comenzó a reorganizarse hasta que se pudo divisar con claridad el rostro más grande que jamás se haya visto en la Tierra. Un rostro gigante que con los ojos cerrados, inhalo profundo y la esfera entera rugió y se achicó, y al exhalar todo se expandió a su forma original. Todo se calmó como un nuevo comienzo. Finalmente abrió sus ojos.

Es tiempo de comenzar - dijo esta con una voz inquietantemente profunda a una de las cuatro figuras al centro de la esfera. El rostro habló en una lengua extraña no conocida por ningún otro ser en aquellos tiempos, excepto por todos aquellos que ocupaban aquel espacio.

Ya sabemos porqué estamos aquí - continuó - A causa de las acciones de nuestras criaturas. El día de nuestra absolución parece más y más lejano - dijo mientras que la preocupación allanaba el rostro de los seres - Por eso una vez más, después de 65 millones de años han sido convocados de nuevo...para decidir el destino de lo que es, al fin y al cabo, nuestra responsabilidad.

Los seres alrededor de la esfera comenzaron a murmurar entre ellos. De momento otro de los cuatro seres principales con voz de susurro se adelantó:

Las puertas se abrirán para discusión una vez se consideren todas las opciones disponibles. Por favor sean pacientes - dijo el ser y todos se calmaron de nuevo. El gran rostro continuó -

Es volátil la idea de pensar en volver a comenzar una vez más - dijo - Por eso queremos ser lo más precisos posibles con nuestra próxima movida. Pedimos que muestren los reportes para así facilitar la decisión final.

No se necesitan reportes para esconder lo que es obvio - interrumpió la voz de uno de los cuerpos en uno de los espacios de la esfera - ¡Están destruyendo todo lo que nos hemos dedicado a construir durante toda nuestra existencia! - añadió - ¡La decisión debería parecer obvia!

¡No lo es! - interrumpió otro ser al otro lado de la esfera - Algunos todavía tenemos la esperanza y continuamos con la ardua tarea de desarrollar y transformar nuestros recursos para facilitar una adaptación llevadera - dijo.

De momento otra voz diferente se oyó - Es difícil pensar en volver a comenzar pero enfrentamos nuestra misma extinción si no se toma alguna acción apropiada - añadió.

Los cuerpos por todas las partes de la esfera comenzaron a discutir de un lado para otro de tal manera que claramente se podía ver los orígenes del congreso que llevaban a cabo los seres humanos con sus gobiernos.

¡Silencio! - irrumpió entre el bullicio una voz áspera y explosiva de otro de los cuatro seres en el centro de la esfera.

Parecen átomos formándose por primera vez - dijo - Compórtense como seres de su talla - añadió - ¡Si no se puede tomar una discusión civilizada, entonces tomaremos la decisión nosotros solos! - Esto causó otra irrupción de opiniones. Entre el alboroto de todo el mundo se escuchó una voz dentro y fuera de sus cabezas, lo que les hizo callar a todos de una vez. Era la voz del rostro gigante - Las madres siempre sabemos lo que es mejor para sus hijos - dijo esta vez con la voz más dulce y aterradora que se haya escuchado hasta entonces. Ya el gran rostro no hablaba con aquella terriblemente profunda voz. Todos prestaron atención.

Nos han puesto en vergüenza, es la realidad - dijo el gran rostro - Pero no es momento de señalar ni protestar contratiempos. Debemos recordar que el tiempo es ilusorio. Concéntrense en encontrar soluciones que faciliten la transformación de nuestras esencias para poder volver a lo que una vez fuimos. Se han vuelto tan apegados a los seres humanos que hasta han confundido sus filosofías con las nuestras. Mientras tanto otros se han vuelto tan abnegados a ellos que se olvidan que de su salvación depende nuestra redención. No olviden que fueron ustedes quienes les enseñaron sus filosofías y creencias de un principio. ¿Quién es quién? Recuerden que esa siempre es la pregunta al final - Con esto concluyó y volvió a cerrar los ojos el gran rostro.

La voz áspera y explosiva del ser que silenció a todos anteriormente se volvió a dirigir a los cuerpos una vez más:

Muy bien, contamos con dos mociones: Conservación o Extinción - dijo - Necesitaremos su completa cooperación para tomar la decisión final. Si no se llega a un consenso definitivo, como conocen, estamos en completo derecho a tomar esta decisión por consejo principal - añadió. Luego se dirigió a uno de los cuerpos dentro de la esfera - ¡Metal! Por favor - ordenó. Acto seguido uno de los cuerpos presentes extendió sus brazos y de sí salieron flotando varios hilos de metal hasta donde estaban los cuatro seres en el centro de la esfera que luego se expandieron y se convirtieron en dos pozos gigantes. Uno de los seres en el centro de la esfera que aún no había dicho palabra alguna hizo un pequeño movimiento con su mano y ambos pozos se llenaron de un líquido oscuro. El ser con la voz áspera volvió a dirigirse a los cuerpos -

Cuando convoque a su familia por favor emitan su decisión - entonces comenzó a llamar.

Mientras llamaba poco a poco los seres en los pisos de la esfera enviaron partículas de su propia materia flotando a cualquiera de ambos pozos para emitir su voto.

¡Alcalinos! - poco a poco estos emitieron su voto.

¡Alcalinoterreos! - más partículas flotando hacia los pozos de metal.

¡Escandio! - enviaron sus partículas.

¡Titanio! ¡Vanadio! ¡Cromo! ¡Manganeso! ¡Hierro! ¡Cobalto! ¡Niquel! ¡Cobre! ¡Zinc! ¡Terreos! ¡Carbonoideos! ¡Nitrogenoides! ¡Halógenos! ¡Y finalmente Gases nobles! - y así concluyó su llamado.

Los últimos pedazos de partículas flotaron hacia los pozos de metal. Estos emitieron un pequeño chamuscado mientras entraban y se sumergían en el líquido oscuro al fondo. Un leve momento de espera. Una vez más un silencio sepulcral acogió el espacio. Después de todo, no todos los días se determinaba el futuro de una especie. Los pozos se desmantelaron mientras el líquido dentro de ellos quedó flotando en el aire cambiando de colores con gran velocidad amenazando tornar de algún color u otro, hasta que se detuvieron volviendo a su color oscuro. Los resultados del voto: Exterminación. El hecho de que esto nunca había sucedido antes con esta especie tomó muy de sorpresa a todos en aquel capitolio subterráneo. A todos excepto a alguien que había pasado por desapercibida pero que era una de las piezas claves de la mera existencia de muchos de los que estaban allí presente y de prácticamente todo lo que habitaba en el exterior.

El gran rostro gigante al tope de la esfera volvió a abrir los ojos. No por la incredulidad que abarcaba en la gran mayoría de los cuerpos allí presentes, sino por que el gran rostro había notado algo que nadie más allí había notado, ni estaban prontos a darse cuenta.

Alguien no ha votado - dijo el rostro. Esto causó bullicio e incredulidad una vez más.

Aquel ser sabía que el rostro también conocería de su falta de cooperación en aquel momento tan crucial. Y así con la sencillez, delicadeza y elegancia con que había llenado los pozos con aquel líquido oscuro, aquel ser que aún no había bendecido al espacio con su suave y poderosa voz se adelantó - No puedo votar - dijo - soy incapaz.

Toda la atención se volvió a este ser. Los cuerpos no podían creer que tal traspaso a no tomar acción habría de ser expresado tan abiertamente.

¿Qué te atormenta criatura? - preguntó suavemente el gran rostro.

Nuestra falta de compromiso - dijo.

Esta respuesta fue tan impopular y causó tanto revuelo que ni los otros seres principales a su lado interrumpieron para guardar orden en la sala.

Sé que no suena justa mi declaración, pero nuestros hijos no contienen el conocimiento y el poder que tenemos nosotros. Apenas pueden comprender lo que es el tiempo y el espacio - dijo - ¿Cómo podemos pretender que conozcan la mejor manera de cómo desarrollar y mantener un planeta entero? - recalcó - Nosotros apenas sabemos.

Y por eso los debemos exterminar - añadió otro de los cuerpos.

¡Deje que exprese su punto! - explotó otro cuerpo desde el otro lado.

Irrumpió otra discusión, pero esta vez estaban involucrados

todos. La discusión escaló al punto que los cuerpos ascendieron en el aire, mientras que partículas y sustancias de los cuerpos comenzaron a atacarse de un lado a otro, cuando en un abrir y cerrar de ojos todo la esfera se cerró en un conjunto, chocando y apretando a todos contra todo, para luego volverse a abrir con la misma rapidez. Al la esfera volver a su estado original, todos los seres se encontraban aturdidos y pegados a las paredes sin poder mover ni una partícula.

El rostro gigante al tope de la esfera tenía los ojos más abiertos que nunca. La furia se notaba en sus pupilas. Los seres principales se encontraban aún en el centro de la esfera, ilesos.

Al parecer se les ha olvidado los modales en solo unos cuantos millones de años - dijo con voz penetradora el gran rostro - Que nunca se les vuelva a olvidar dónde están y en presencia de quien, o los expulso de nuevo de donde vinieron. Al espacio sin rumbo alguno por toda la eternidad - concluyó.

Me da escalofríos cuando hace eso - dijo en voz baja el ser con voz de susurro.

Continua criatura - dijo el rostro al ser que aún no había votado, y esta continuó su argumento -

Mi punto es, si queremos encontrar la manera de redimirnos y volver a nuestro hogar, esta es nuestra más preciosa oportunidad. Los galaxias se han abierto para nosotros y hemos recibido ayuda de más allá, porque lo que hemos creado y mantenido juntos hasta ahora, es verdaderamente especial - añadió.

¿Qué propones? - preguntó el ser con voz áspera.

Propongo una última y definitiva oportunidad - dijo el ser - Les puede parecer extraño que sea yo quien quiera proponer una solución. No planifico casi nada y aun así la vida fluye de mí. Pero ha sido una gran fortuna ver crecer este planeta que no tenía nada que ofrecer cuando llegamos de los grandes puertos. Y es por eso que no puedo dejar de luchar - dijo.

¿Qué tienes en mente? - preguntó el gran rostro.

Esto quizás les va parecer extraño. Pero propongo enviar a un representante con una relación más cercana a nosotros que dirija a los humanos por el camino correcto - propuso.

¿Qué más quieren? - interrumpió uno de los cuerpos - ¡Tienen todo lo que hemos creado para ellos, incluso otras formas de vida! ¿Acaso esto no es suficiente? - preguntó.

Me refiero a alguien que se parezca a ellos - dijo el ser - Antes de tomar una decisión definitiva.

¿Otro ser humano? - preguntó otro de los seres principales detrás de ella.

Más que un humano. Un dios - dijo el ser principal - un superhéroe.

Muchos de los cuerpos allí presentes comenzaron a reírse y a comentar negligencias en contra de la propuesta del ser principal.

¡Ya vemos porque no habías propuesto nada en todos estos años! - dijo uno de los cuerpos - Es la propuesta más inmadura que he escuchado en tantos millones de años - dijo y acto seguido un gran disparo de luz como un rayo expulsó a aquel cuerpo del espacio y el silencio rotundo volvió a reinar.

El gran rostro miró a todos los cuerpos. Todo el mundo entendió.

Continúa por favor - pidió quedamente el gran rostro.

El ser principal continuó - Como sé que la gran mayoría no está de acuerdo con este plan, propongo que este ser, sea solamente una extensión de mí. Que posea de mis habilidades para intentar iluminar a los seres humanos.

Hubo una pausa prolongada. De momento un cuerpo alzó su mano.

Yo estoy dispuesto a dar de mis habilidades también- dijo.

Yo también - dijo otro cuerpo. Y así la mayoría de los que habían votado por la no exterminación habían sido expuestos.

Todo muy conmovedor - dijo el ser de la voz áspera interrumpiendo el momento - pero aún existe la inevitable mayoría que ha elegido la exterminación inmediata de los seres humanos. ¿Cómo propones solucionar este aparente deseo? - preguntó.

El ser principal pensó por un instante, y la idea más inesperada irrumpió de ella - Dejemos que el mundo se detenga por tres días. Todos los estragos que cause este evento, los seres humanos que se adapten y sobrevivan, la sociedad que se desarrolle de ese entonces...esos serán los seres humanos con quien trabajaremos - dijo el ser - Cultivaremos a este superhéroe entre ellos, y cuando el tiempo sea correcto, lo despertaremos para que asista en la salvación y redención de la humanidad.

Eso es un poco extremo, incluso para tí - dijo el ser de la voz áspera.

¿Tenemos un acuerdo o no? - insistió el ser principal.

El ser de la voz áspera la observó con detenimiento. Era evidente cuánto peso e integridad llevaban sus creencias como para proponer alguna idea que las pudiera desmantelar en un instante.

Luego de un momento de consideración el ser de la voz áspera dijo - ¿Recuerdas que necesitaríamos tu ayuda para llevar a cabo la destrucción en primer lugar no?

Lo sé - afirmó el ser principal sin ninguna muestra de temor en su voz.

Así será entonces - concluyó el gran rostro de piedra.

2

EL DÍA EN QUE LA TIERRA DEJÓ DE GIRAR

PLANETA TIERRA. LOS MIEMBROS DEL CONGRESO SUBTERRÁNEO preparados y decididos salieron disparados como rayos de luz hacia el espacio exterior creando una línea alrededor del planeta, paralela a la línea del ecuador. Al ascender a los cielos, los seres crearon un fenómeno al dejar un rastro de luces gamas de diversos colores que llamaron la atención de los seres humanos en todo el mundo. Este rastro de luces creado por la energía que los seres necesitaban emplear para propulsarse por el aire parecían los rastros de decenas de cohetes gigantes lanzados por la naturaleza misma. A pesar de ser un fenómeno nunca antes visto por los seres humanos, no causó pánico, sino fascinación. Era como si los seres humanos estuvieran siendo hipnotizados para prepararlos antes del gran evento que les esperaba.

Los últimos en salir a la superficie fueron los cuatro seres principales. Estos se ubicaron en los cuatro puntos cardinales de la tierra afuera en el espacio exterior. La tierra tembló una vez: esta fue la señal de preparación. Los seres flotando en la línea del ecuador expandieron sus cuerpos a inmensas cantidades hasta unirse formando una especie de cinturón alrededor del planeta tierra. Acto seguido, partículas de elementos de la tierra ascendieron flotando hacia el espacio exterior para unirse y reforzar los cuerpos de estos seres subterráneos. Los cuatro seres principales, posicionados en los cuatro puntos cardinales de la tierra levantaron sus brazos como queriendo invocar el alma del planeta. Abajo en la tierra, mientras los seres humanos continuaban distraídos por las luces llamativas, nadie se daba cuenta que hasta el océano más violento se había aplanado tan liso como un plato, las cataratas del Niágara cedieron de producir agua, en el Himalayas los vientos calmaron su rugir, los árboles ya no bailaban con el viento en el Amazonas, en los cielos los pájaros dejaron de cantar y los leones en la sabana huyeron con temor, ellos sabían que algo enormemente catastrófico estaba por suceder. Por último, la temperatura se apoderó del planeta. Las temperaturas escalaron, el calor era intensamente sofocante, más de lo que ya era, y no por el hecho de que los seres humanos ya habían destruido la mayor parte de la capa de ozono. Este calor no venía del sol, este calor venía de abajo, de debajo de los pies de cada ser viviente que pisaba la tierra.

Fue en ese entonces que las luces dejaron de ser suficientes. La magnitud del problema que se le presentaba a los seres humanos era muy difícil o casi imposible de ignorar. El instinto animal que aún dormía dentro de cada uno les ayudó a darse cuenta al mismo tiempo: Nada de esto era normal. Pero ya era muy tarde, ni la persona más rica del mundo iba a ser capaz de escapar.

El gran rostro rocoso desde el epicentro del planeta abrió sus ojos al mundo, y como un susurro al oído, el planeta cesó de girar. Hubo un silencio eterno de tres segundos y luego: Exterminación.

El gran sacude. Todo salió volando, todo estaba en todos los lugares como si nunca hubiese existido y buscaba violentamente su lugar en cualquier espacio. Se respiraba puro horror. Una presión invisible empujó absolutamente todo fuera de su órbita mucho más allá de lo conocido. Era como si un gran tornado se hubiera apoderado de cada centímetro del planeta. Cada cosa, cada ser volaba por los aires: rascacielos, carros, casas, bosques, desiertos, selvas, humanos, animales. Todo había sido empujado hacia una dirección, la extinción. Cada furia atroz que la naturaleza del planeta quería presentar como venganza, esta fue su oportunidad. Los mares se deformaron, olas gigantes arroparon las costas, tsunamis invadían la tierra, los vientos abrumadores nublaban la vista. No había imagen concreta ante los ojos de nadie, era como si todos los vientos de todos los tiempos estuvieran mezclados y cada uno competía por ser el oxígeno oficial. Los aviones y helicópteros caían de los cielos con gran fuerza, causando explosiones repentinas. La tierra temblaba, se formaban nuevas montañas que brotaban por el centro de cada ciudad creada por el ser humano. Se crearon cráteres tan grandes y profundos que se podía ver con claridad lo que se avecinaba: magma. Y esta subió a la superficie desbordándose y expandiéndose por toda la tierra y el mar. La magma encendió en fuego los campos y las praderas, los pocos cimientos que quedaban eran consumidos por el fuego. Eran tan grandes las grietas por las que salía la magma que los cuerpos de agua se hundieron por ellas formando nuevas cataratas. Era tanta la magma que surgía del interior de la tierra que no era suficiente como para ser detenida con el agua de los océanos, su furia acaparaba todo. Al continuar desbordándose interminablemente, poco a poco la magma se estaba convirtiendo en el nuevo océano. Un nuevo mundo estaba renaciendo desde las entrañas del planeta y todos tenían asientos de primera fila.

Así como apareció este gran fenómeno que dio cadena a los demás eventos catastróficos que le siguieron, estos fueron cesando lentamente, dándole una oportunidad a los seres humanos que habían sobrevivido a ese primer gran empuje.

Estos humanos sobrevivientes se tomaron esta oportunidad para centrarse rápidamente y crear alguna noción sobre lo que estaba sucediendo. La realidad es que ni sabían tan siquiera si estaban vivos o muertos. En muchas partes había un gran manto de humo y polvo esparcido por doquier, en estos puntos nadie podía ver más allá de dos pies a vuelta redonda. Era un limbo infernal. Los seres humanos comenzaron a movilizarse para buscar refugio en la manera que pudieron, si es que existía alguna. Los sistemas de transportación estaban destruidos por completo, la gran mayoría de los automóviles habían sido aniquilados, habían algunos otros que quedaban abandonados, ya que no era posible utilizarlos por la destrucción del terreno. A pesar de las circunstancias los seres humanos intentaron unirse y organizarse como nunca antes lo habían hecho. No existía cabida para margen de error alguno, pero tampoco existía la oportunidad para pensar detenidamente cuál era el próximo paso a seguir, debían actuar en seguida si querían sobrevivir. No conocían si se iría a repetir aquel fenómeno caótico que acababan de experimentar, o cuando.

Las clases sociales a las que pertenecían, o creían pertenecer, en ese momento fueron borradas de la faz de la tierra. La realidad es que no había plan que existiera que los ayudara a sobrevivir la furia desatada sobre ellos. Era como si todo el daño causado al planeta por los seres humanos todos esos años estaba siendo desatado sobre ellos de un solo instante. Todas las líneas de comunicación habían sido destruidas, los puntos de encuentro que normalmente se utilizarían en un plan de evacuación creado por el gobierno habían sido desmantelados. Pero a pesar de la inmensa discordia, miedo y desorientación en los pueblos, en las ciudades, las personas comenzaron a formar grupos con los otros seres humanos que se encontraban en el camino, creando así una especie de cadena gigantesca que les diera una mejor orientación de donde se encontraban y hacia donde se debían dirigir. En los campos o espacios abiertos las personas intentaban mantenerse juntos con la compañía que ya se encontraban. No había espacio para lamentos, ni despedidas ya que la confusión intoxicaba todos los sentidos. La frustración de no saber en qué espacio, en que tiempo se encontraban, del porqué sucedía todo esto, de tan siquiera saber quien se encontraba a su alrededor; todas estas sensaciones eran deslumbrantes. Nadie rezaba, nadie lloraba, nadie gritaba, todos solo actuaban por instinto donde quiera que se encontraban, manteniéndose juntos lo más posible como manada ante el gran león que les rugía en el rostro que con su intimidante fuerza y el miedo que inspiraba, no permitía que ninguno de los otros sentidos se asomara. Solo terror.

Varias olas más de fuerza bruta reinaron sobre los humanos en esta catástrofe. Los humanos que se encontraban en los pueblos y en las ciudades se movían hacia las montañas o hacia el centro de cualquier ciudad o pueblo que se encontraban ya que la lava iba avanzando y destruyendo las costas. Cada vez el número de personas que perecían era mayor, ya sea por condiciones naturales o por los sucesos presentes. Las personas se iban encontrando más aisladas. Las cadenas de personas se iban rompiendo a pesar del gran esfuerzo por mantenerse juntos. Los cuerpos de rescate se encontraban haciendo lo mejor que podían con lo que tenían, pero eran más bien voluntarios a este punto ya que las comunicaciones entre los gobiernos y sus extensiones habían cesado de existir. Ya las emociones estaban entrando y las personas se iban dando cuenta más y más, con cada golpe, de la magnitud de la realidad. No era un sueño, no estaban en un limbo, estaban vivos, y quizás no por mucho.

Tres eternos días pasarían antes de que toda nueva onda de destrucción cesara. Cada día más largo que el anterior. Sin conocimiento, sin respuesta, sin esperanza alguna. Solo destrucción y confusión. Como acordado, luego del tercer día los cuerpos y los seres principales dejarían sus puestos y volverían al planeta para que este resumiera su rumbo girando hacia la eternidad. A pesar de que el planeta tierra había vuelto a la normalidad, había sido transformado para siempre. En el proceso, habían sido tantos los estragos que terminaron por destruir toda esperanza de que el planeta se recuperara a lo que una vez fue. El futuro se veía muy inseguro para los seres humanos que quedaban. Desde afuera, los seres contemplaban los sucesos, unos en aprobación, otros con una nueva realización del poder que tenían sobre el planeta y de cómo podían llegar a crear tanta empatía por los seres humanos. Después de todo, los han visto desarrollarse por tanto tiempo. Ayudándolos a crecer y nutrirse creando nuevas formas de vivir.

A todos los seres le llegaba su reflexión, incluso a los principales. Pero a nadie le afectó tanto como a ese ser principal. Sus ojos compuestos de la más profunda tristeza adornaban su rostro desde el comienzo de aquella feroz exterminación. Pero tenía mucha fe en sus creencias. No temía expresar cómo se sentía a pesar de que la mayoría no estuviera de acuerdo con ella. Aún así era tanta la angustia que reflejaba que sus compañeros aparecieron junto a su lado en muestra de solidaridad. Estos cuatro eran muy unidos, eran como hermanos a pesar de que tenían grandes afinidades individuales entre cada uno. En el caso de ella, uno de los seres principales de aspecto muy ancho tenía esa gran afinidad con ella. Este se le acercó y le dijo - Cuanto amor una vez fue creado, nunca desaparecerá - le dijo - siempre cuentas conmigo.

El ser principal se tomó su tiempo mientras aún contemplaba la tierra desde el espacio exterior y finalmente contestó - Gracias.

El ser la acompañó en la contemplación de este nuevo planeta que esperaban que renaciera de las cenizas. Los demás cuerpos que habían formado el cinturón poco a poco fueron volviendo al centro del planeta causando de nuevo el efecto de luces, pero esta vez los seres humanos que llegaron a ser nuevamente testigos de ellas solo temieron lo peor.

¿Y bien? - preguntó el ser de la voz áspera al ser principal.

Vamos - dijo esta, y bajaron al planeta tierra.

En el centro de una ciudad devastada y desolada, el ser ancho cerró el puño y un hueco perfecto se formó en el suelo con la tierra más tierna y suave que jamás se pudo haber creado, luego el ser principal abrió su mano, sobre ella flotaba una semilla azul muy brillante que tenía sobre su superficie algunas insignias. El ser principal depositó la semilla en el centro del pedazo de tierra, luego se volteó hacia los otros dos seres y los miró directo a los ojos.

Está bien - finalmente dijo el ser de la voz de susurro y se acercó al centro donde la semilla había sido depositada. Con un movimiento de la mano separó todo el aire alrededor marcando una pequeña burbuja de oxígeno puro que cubría a la semilla. El ser de la voz áspera se quedó con sus manos entrelazadas detrás de sí.

Muy bien - dijo finalmente el ser principal que puso la semilla - No te voy a obligar.

Y con una leve inclinación de la cabeza el ser de la voz áspera le dio las gracias y los cuatro seres principales continuaron su camino. Desaparecieron como si alguien los hubiese barrido y sus cuerpos fueran solo polvo.

Luego de unos instantes el ser de la voz áspera volvió a aparecer en el mismo lugar, pero esta vez solo. Se quedó contemplando un largo instante al espacio de tierra en el centro con la semilla azul brillante y la burbuja de oxígeno puro que la cubría de todo el caos alrededor.

El ser miró hacia todas direcciones para asegurarse de que no había nadie cerca y disimuladamente alzó su mano lentamente por encima de la semilla, respiró hondo y una pequeña pero poderosa reserva de luz iluminó a la semilla cubriendo solo aquel espacio de tierra en el centro de aquella ciudad devastada y abandonada. Una vez más, este desvaneció rápidamente, pero aquella luz quedó brillando en el medio de aquella inmensa oscuridad.

3

LAS GRANDES CIUDADES

MIL AÑOS DESPUÉS. PLANETA TIERRA. LOS SERES HUMANOS SON EL puro reflejo de la madre naturaleza cuando encuentran dentro de sí la fuerza para sobrevivir hasta el más arduo de los desastres. Y bien, la última vez que vimos a los seres humanos, estos se encontraban enfrentando uno de estos. Pero como dicen: siempre que hay vida, hay esperanza. Como acordaron, los seres no terminaron de exterminar a los humanos completamente. En cambio, practicaron misericordia y al menos les permitieron a estos ciertos elementos para asegurar su supervivencia. Al principio, los humanos apenas habían quedado con ciudades o pueblos en donde vivir, pero estos lograron volver a levantarlas eventualmente. Esta vez con modificaciones a las condiciones que por siempre habían cambiado el rumbo de la vida de esta especie aquel día hace mil años atrás. Para que tengan varios ejemplos de algunos de los grandes cambios que marcó el nuevo rumbo de la humanidad, aquí van:

Se habían reducido tanto el número de habitantes y los espacios de tierra habitables en el mundo entero, que cada país que una vez consistía de vastas tierras de compleja belleza y de extensos recursos naturales fueron reducidos solo a su ciudad principal. En Francia el pedazo de tierra habitable que quedaba del país era París, el de España era Madrid, de Japón era Tokyo, de los Estados Unidos era Nueva York, y así sucesivamente. En conclusión los países estaban reducidos solo a ciudades gigantescas. La magma que había surgido de la tierra durante la gran catástrofe y que aún continuaba en constante batalla con algunos océanos, era la responsable de haberse comido la tierra, destruyendo todas las costas y terrenos de los países, reduciendo entonces el espacio habitable a estas islas/ciudades donde se habían concentrado toda la población de cada país. La magma aún continuaba surgiendo de debajo de la superficie, tanto así que se había convertido en el nuevo "océano". Este fenómeno había aumentado de manera drástica la temperatura de la tierra. Tanto que hizo imposible recuperar la capa ozono. Esto provocó que la población que quedaba se adaptaran a su nueva realidad eventualmente creando nuevas tecnologías para asegurar su supervivencia. La más crucial de todas las tecnologías fue a lo que le llamaron "BOPUL", una versión del nombre original "BUBBLE" bautizado por los Estadounidenses. La BOPUL cubría las ciudades protegiéndolas de la falta de oxígeno y por tanto de su extinción total. Era algo así como una gran burbuja. La BOPUL había sido desarrollada por uno de las familias más ricas del mundo en ese entonces, cuando las clases sociales y el dinero se volvieron a establecer. En fin, los seres humanos habían creado su propia bola de cristal como aquellas que vendían como regalo o recordatorio de que visitaban algún lugar turístico. En eso se había convertido el mundo: en mega ciudades que representaban el gran país que una vez fueron, rodeadas y encerradas por burbujas con oxígeno artificial recreado por ventiladores artificiales separadas cada una por océanos de lava. Los humanos habían crecido a ser un tanto más conscientes, ya que no tenían opción alguna. Y así utilizaron los recursos a su alcance de una forma más sabia. Una de sus resoluciones fue tomar todos los objetos reciclables que pudieron conseguir, entre ellos el plástico, con las que habían contaminado el mundo en primer lugar, para reconstruir las estructuras y edificios de las ciudades. Habían manejado construir unos sistemas de robots pequeños que les ayudaban en la constante recopilación de estos materiales. Entonces casi todos los rascacielos, edificios o monumentos estaban hechos primordialmente de plástico, excepto aquellos que pertenecían a personas más pudientes, pero eso más adelante. Por esto reinaban las luces fluorescentes y neones para darles un aspecto más llamativo a estas estructuras. La tecnología imperaba en estas grandes ciudades. En cuanto a la transportación, los vuelos comerciales hacia diferentes ciudades eran limitados. Solo aquellos con grandes recursos podían realizar tales viajes. Estos vuelos consistían en una operación compleja en donde se tenían que preparar al nivel de una misión espacial. Por ejemplo, las naves de viaje eran muy distintas. Eran más bien naves espaciales que aviones. Estas naves de vuelo tenían su espacio aislado en la ciudad como una especie de aeropuerto espacial. Luego montaban a los pasajeros distinguidos en las naves. Cuando el viaje estaba ya listo para partir, encerraban a la nave en una especie de cápsula donde abrían la BOPUL y la nave flotaba al exterior hasta llegar a su próxima destinación. El mismo proceso se llevaba a cabo cuando llegaban a su destino. Era todo un espectáculo ver a estas grandes naves irse y regresar a su destino.

A pesar de haberse adaptado a esta impresionante tecnología, los seres humanos aún no habían conseguido un nuevo hogar en otro planeta dentro o fuera de su sistema solar, biológicamente aún no contaban con la capacidad evolutiva para poder sobrevivir naturalmente en dichos lugares. Pero cabe mencionar que aunque no fueran capaces de sobrevivir en otros planetas, las circunstancias presentes habían forzado mutaciones dentro de la raza humana.

Debido a las condiciones últimamente artificiales que habían garantizado su supervivencia, los seres humanos se habían convertido en una especie de híbrido en cuanto a rasgos meramente físicos se refiere. La gama de colores de cabellos se había expandido naturalmente a muchos más de los que se conocían debido al tipo de melanina que desarrollaron por la exposición artificial y variante de los rayos gamas provenientes del sol y de otros fenómenos del universo. Lo mismo ocurrió con los ojos y la piel de estos. Para más decir ya existían personas con cabello azul, ojos violeta y tez blanca natural de nacimiento. Ya que los seres humanos habían copulado en situaciones controladas, este aspecto le brindaba más complejidad a los estándares evolutivos. Interesantemente un aspecto social que era muy difícil encontrar en estos días debido a la evolución que se había llevado a cabo eran las disputas raciales. En ese aspecto casi todos los seres humanos se habían superado de una manera muy elegante y elevada. Claro siempre existían aún ideas por abolir. Una de ellas y la más predominante siendo el discrimen de clase, pero en lo que a lo demás se refiere, la sociedad era generalmente muy empática. Como en tiempos anteriores, existía una jerarquía de clases. Esta vez se habían dividido en solo dos grandes clases sociales, y a pesar de que la división de estas no era motivada esencialmente por grupos debido a su color de piel o, el término incorrecto, "raza" distinta, la clase que dominaba y controlaba las riquezas se consideraban una especie diferente, una especie superior. Esta clase había logrado vender la idea de que eran una especie superior por la razón de que no habían mutado tanto como los otros seres humanos que componían la segunda clase. Se auto proclamaban superiores porque creían poseer aún vínculos directos con aquellos seres humanos que vivieron antes y durante aquel día en que la tierra dejó de girar hace mil años atrás. Originalmente este grupo había sido fundado por las familias más ricas del mundo en el momento de la gran catástrofe con el propósito de que con las "riquezas" individuales que poseían estas familias podrían ayudar a reparar los estragos que estaba pasando al momento la humanidad y reparar el mundo a lo que una vez fue. A medida que avanzaba el tiempo poco a poco este grupo fue manteniéndose al margen, en sus propios círculos, en sus propias fiestas, en sus propias comunidades, con la idea de mantener la especie lo más pura posible hasta llegar al presente.

Y así poco a poco pudieron conseguir los rangos más altos dentro de las corporaciones que se encargaban de crear las tecnologías más avanzadas, casándose entre miembros de las familias más pudientes para asegurarse de que subsistiera la forma de vida a la que una vez estuvieron condicionados los seres humanos. Este grupo se hacía llamar los "WEALTH".

Los WEALTH incluso mantenían su propio idioma. En el momento en el que el planeta tierra dejó de girar por tres días, la lengua vehicular en ese entonces era el inglés: El idioma que utilizaron los países para comunicarse, cooperar y ayudarse para sobrevivir. Y así los WEALTH lo mantuvieron. Mil años después, el inglés de ese entonces ya no era conocido. La otra mitad de la clase social que se componía del resto de la humanidad, había desarrollado su propio idioma, que se componía de una variante del idioma que una vez se hablaba en el país o ciudad en el que residían. La creencia de los WEALTH que ellos eran superiores se había convertido tan estricta, que estos ni se inmutaban en aprender el idioma que el resto de la humanidad hablaba, y era de esta manera en todos los países que quedaban en el planeta. La misma división entre estas clases sociales: eran "los WEALTH" y "la otra mitad". Los WEALTH se habían convertido en una sociedad internacional, y eran estos y otros pocos individuos de la otra clase social los que poseían el caudal para poder pagar por los viajes en nave de país en país. Anualmente los WEALTH de todos los países celebraban un año más de vida a lo que ellos consideraban como la verdadera despedida de año. En esta fiesta también celebraban los cumpleaños de todo el mundo a la vez con gran esplendor.

Irónicamente eran los miembros de la otra mitad del grupo social los que mantenían las antiguas costumbres de los seres humanos antes de la gran catástrofe y celebraban el año nuevo siguiendo las fechas que marcaba el calendario desde aquel entonces. Estos también mantenían la costumbre de celebrar su cumpleaños cuando era el turno de cada cual. La vida era más espontánea para la otra mitad de los humanos. Habían logrado recrear hasta cierto punto el mundo que una vez era. Incluso más avanzado aún en lo que se refería a tecnología. Los WEALTH vivían alto, por encima de los rascacielos, de los tantos que existían ahora. Hacían sus compras y compartían en la ciudad creada por ellos y para ellos dando paseos en sus automóviles voladores los cuales al fin habían inventado después de haberlos visualizado desde hace mil años atrás. Estos ya eran también bastante comunes y accesibles dentro de la comunidad mutada aunque muchos preferían los puentes que cruzaban de torre en torre, de edificio en edificio antes de montarse en una máquina voladora. Aunque no lo admitían públicamente, los WEALTH tenían también una creciente noción de que eran descendientes de dioses. Ya que en los archivos antiguos que pudieron recuperar de la humanidad antes de la catástrofe, los WEALTH consideraban dioses a lo que se conocieron en aquel tiempo como "celebridades". Los WEALTH tenían un afán por inventar cosas nuevas como así lo hicieron estos artistas en aquellos tiempos.

Mientras tanto la otra mitad convivía por debajo en la metrópolis. Las grandes ciudades se habían vuelto excesivamente cargadas de monumentos y edificios, ya que no tenían oportunidad de expandir la construcción, sino elevar a la medida que iba creciendo más y más la población. Todo era edificios, túneles y carreteras. La BOPUL transparente dejaba ver el espacio exterior infinito y oscuro, ya no existía el cielo azul ya que la oscilación que existía del sol no podía reflejarse entre los espacios verdes y los océanos. Los humanos diferenciaban si era de día o de noche gracias a la magnífica y estelar presencia del sol y la luna. La eterna oscuridad del espacio exterior acompañada por la infinidad de las estrellas y cometas le brindaba a las grandes ciudades un estilo "retro" permanente, lo que a su vez hacía parecer que los humanos se encontraban viviendo en un video juego. Es cierto que no tenían atardeceres pintados con diferentes tonalidades de naranja con rosa y rojo, ni nubes que pudieran seguir con los ojos hasta que se formaran de elefantes a conejos, pero sí tenían el placer de ver una nebulosa danzando, una protoestrella formándose o hacer todos los deseos que quisieran ante las lluvias de cometas que eran tan claras como las luces que acompañaban los edificios.

Los seres humanos encontraron la manera de crear agua a través del oxígeno que artificialmente habían recreado. Tenían sus propios ríos diminutos y otros cuerpos de agua reducidos que corrían por algunas partes de la ciudad, los cuales controlaban como centro de diversión y les ayudaba a brindar energía para la ciudad. Las ciudades tenían áreas verdes, pero eran las más pequeñas en comparación con los otros espacios públicos. Los ciudadanos no estaban muy de acuerdo con esto ya que se les había educado y habían crecido con la noción de que su estilo de vida había cambiado forma tan drástica en primer lugar por no cederle espacio al mundo natural, así que estos decidieron echar manos a la obra y desarrollaron un increíble fanatismo por ingresar la naturaleza dentro de la metrópolis y así coleccionaban plantas de todos los colores y tamaños y decoraban sus apartamentos con ellas. Hacían incluso festivales dónde daban premiaciones a los apartamentos más abarrotados de plantas y flores. En ciertas ciudades mundiales aún existían bosques, praderas, selvas pero igual de un tamaño extremadamente reducido a lo que una vez era. Estas eran reguladas por la división de recursos naturales que a pesar de la crisis presente, no se le daba mucho apoyo.

La vida animal era muy limitada. La gran catástrofe había aniquilado casi todas las especies del planeta. Quedaban muy pocas especies considerando que los seres humanos habían extinguido la gran mayoría para ese entonces. Como todos, los animales debían vivir en armonía bajo un espacio limitado. Existía una cantidad muy pequeña de especies de animales que era clasificada como salvaje. La gran mayoría había sido domesticada por el hombre, haciéndolos parte del día a día. Así que no era extraño ver a una jirafa caminando por las calles con un collar en su cuello siguiendo a su humano. Los animales, como era de esperarse, también habían mutado. Los aspectos físicos de las especies variaban en color, en tamaño, en apariencia e inteligencia. Los rinocerontes, que algunos grupos específicos de ellos aún eran considerados como salvajes, ya no solo eran gris, ya existían rinocerontes verdes y morados, unos del tamaño de un perro y otros tan grandes como se les conocía originalmente. Lo mismo sucedía con los gorilas, las cebras eran azul y negras, y los elefantes eran rosados. Lo más curioso es que algunos hasta habían desarrollado la habilidad de comunicarse con los seres humanos con los que convivían. Cuando los seres humanos de la clase mutada iban volviendo al idioma que una vez hablaban, llegaron a un acuerdo en todas las ciudades en que tenían que encontrar la manera para que su idioma fuera útil para tener la habilidad de comunicarse con los animales ya que iban a necesitar su ayuda para poder sobrevivir restaurar el balance que sus antepasados habían abusado. Y así estos se comunicaban a través de una rama del idioma, un dialecto que le llamaron

COMUNIDAD. Muchos humanos tenían un animal que les acompañaba en su día a día, la conexión era tanta en casos que estos creaban su propio sub-dialecto que era único entre el animal y la persona. Habían animales cuya línea hereditaria iba pasando en la familia de generación en generación. Existían incluso representantes dentro del gobierno.

El gobierno y la Fe estaban entrelazados una vez más en la historia de la humanidad. Los fenómenos que dieron lugar el día que comenzó la catástrofe planetaria alteró las creencias humanas para siempre. No existían religiones como tal, sólo la creencia de que el Universo era el último creador. El tener la capacidad de ver el Universo en primer plano, les había dado a los seres humanos una perspectiva mucho más vasta. Estaban casi en contacto directo con la infinidad. Las luces que una vez aparecieron de debajo de la tierra el día de la catástrofe, cuya responsabilidad reposaba en los hombros de los cuerpos y seres principales subterráneos, dio paso a la creencia, una vez más, desde los tiempos de la antigua Grecia, de que los dioses existían, pero que no eran humanos, como creían los WEALTH. Sino que eran seres infinitos, espectaculares y de que en cualquier momento podrían volver a desatar su furia contra los seres humanos de nuevo si no le rendían tributos. Los WEALTH una vez más, en su infinita avaricia, vieron esto como una oportunidad y propagaron la creencia de que ellos, viviendo tan alto, estaban en contacto directo con aquellos dioses y que así es que habían podido crear la tecnología necesaria para la supervivencia de todos los seres humanos, consecuentemente debían rendirle tributos a ellos también. Razón por la que la otra mitad mutada pagaban mayores contribuciones a estos, manteniéndolos en el poder.

La otra mitad mutada realizaba festivales en honor a los dioses, a los cuales invitaban a los WEALTH pero estos brillaban por su ausencia. Los festivales a los dioses consistían en un magnífico espectáculo de luces que intentaban recrear aquellas que se vieron el día de la catástrofe ya que nadie tenía idea alguna de la apariencia física de estos seres magníficos. Todas las ciudades en el mundo lo celebraban el mismo día. El festival duraba tres días, los mismos tres días de la catástrofe, y terminaba en una gran fiesta caótica donde muchos terminaban borrachos en la calle, durmiendo en las aceras pero felices y contentos de que los dioses les hayan concedido otro año de vida. La tradición había comenzado con un pequeño grupo de hombres que se emborrachaban todos los años debido a esta ocasión, y luego fue creciendo hasta que el barrio lo celebró, luego del barrio la zona de la ciudad en la que vivían y así la ciudad entera. No era una festividad realmente apoyada por el gobierno. El gobierno estaba compuesto mayormente de figuras WEALTH. Existían muy pocos representantes de la otra mitad mutada. Por ende la mayoría de las veces el gobierno se desentendía del pueblo. Excepto en ocasiones cuando el pueblo creaba movimientos con ideas para mejoras a la convivencia en un espacio cerrado y luego el gobierno las adquiría y lo hacía ver como si fuera idea de ellos. Pero más de eso, más adelante.

He aquí el mundo que se habita. Ahora que tenemos una mejor idea de cómo todo funciona, continuemos con nuestra historia.

4

RÍO

A VECES NOS BAILA LA PREGUNTA EN LA MENTE DE CUÁN DIFERENTE sería la vida si en realidad existieran los superhéroes. Sí, siempre existe aquella narrativa que pretende llenarnos de esperanza diciéndonos que hay un héroe dentro de cada uno de nosotros, pero en realidad lo hay? Quiero decir, un superhéroe. Que vuele por los aires, que en cuestión de segundos salve pueblos enteros de devastación. Un superhéroe que use capa y botas y que sus superpoderes iluminen las más extravagantes fantasías del niño que existe dentro de cada uno de nosotros. La realidad es que necesitamos uno, y más a menudo de lo que nos atreveríamos a confesar. Un cuerpo tangiblemente invencible que sea la esperanza personificada en estos tiempos que se están viviendo.

Ciudad principal: Rio de Janeiro, Brasil. Las calles estaban preñadas con entusiasmo. Las multitudes se dispersaban por las calles con una sincronicidad natural y festiva. El aire de anticipación se adueñaba de las calles y la alegría era casi palpable. Los restaurantes, bares, y otros negocios de comida se preparaban, sus empleados limpiaban las aceras y decoraban sus vitrinas con euforia. Habían vallas puestas por las calles principales de la ciudad para guiar a sus ciudadanos. Los vendedores de pirotecnia, banderines, luces eléctricas y otros trucos se iban acomodando y preparando, asegurándose de que tenían mercancía suficiente. Carteles gigantes colgaban de los edificios en esta gran metrópolis y la escarcha lanzada por los niños traviesos cubría el suelo de las calles añadiéndole un efecto mágico al espectáculo de luces que se iba a llevar a cabo esa misma noche en el Festival de los dioses.

Por la favela de Río de Janeiro un pequeño lagarto de un color verde muy llamativo corría muy agitado por las aceras de la ciudad esquivando las enormes y mortales pisadas de las personas que van de un lado para otro preparándose para el gran festival. El pequeño lagarto llevaba en la boca una pequeña bombilla. El pequeño lagarto se trepó de la acera a un poste de luz, del poste de luz saltó a un cable de electricidad, y del cable saltó a una ventana donde cayó pegado: "SPLAT". La ventana estaba cerrada. El pequeño lagarto con la bombilla que llevaba en la boca le dio unos pequeños toques al cristal de la ventana como tocando una puerta para notificar que se encontraba allí y que lo dejaran entrar. Después de un momento la ventana se abrió de cantazo y el pobre lagarto salió volando por los aires casi cayendo calle abajo por la fuerza de la ventana al abrirse. Por pura suerte y habilidad, el pequeño lagarto logró aterrizar y agarrarse al cable de electricidad del cual había saltado hace un momento. Por la ventana se asomó un joven alto, de abundante y despeinado cabello verde y de tez morena, vistiendo una camiseta del mismo color de su cabello con una etiqueta de nombre que lee: "¡Hola! Mi nombre es ULYSSES". Sus ojos azul cielo buscaron al pequeño lagarto que se sujetaba en el cable eléctrico como si su vida dependiera de ello mientras balanceaba aún la pequeña bombilla en su boca.

El joven al no encontrar a su pequeño amigo lo llamó por su nombre - ¡Aquiles! ¿A dónde te metiste?...¡Aquiles!

El pequeño Aquiles dejó escapar un chillido, extremadamente difícil de realizar para su presente circunstancia al no poder casi ni abrir su boca por querer sujetar la pequeña bombilla que con tanto afán sujetaba, más no querer romper su concentración y caer a su final. Gracias a la habilidad de su pequeño amigo, Ulysses logró localizarlo. Ulysses extendió su mano hasta casi tocar el cable de electricidad y Aquiles saltó a su mano con gran alivio.

Ulysses tomó la pequeña bombilla y los dos volvieron a entrar a la pequeña y abarrotada habitación, la cual se conformaba de una estufa, un inodoro, un lavamanos con un pequeño refrigerador debajo, una cama y un armario. Todo junto, uno al lado del otro. Ulysses se trepó en su silla de madera, el lujo más grande que tenía su habitación, y enroscó la pequeña bombilla en las luces de navidad que tenía colgadas delineando el techo de su cuarto, luego se dirigió hacia uno de los dos receptáculos de electricidad y conectó las bombillas. Estas prendieron como si fueran un carro viejo amenazando apagarse en cualquier momento. Luego de un momento las luces se estabilizaron.

¡Ñeta! - Ulysses exclamó y celebró con su pequeño amigo Aquiles aquella gran victoria.

Las luces le dieron un toque festivo al pequeño cuarto. Ulysses tenía carteles de bosques y selvas en las paredes y uno de su agrupación favorita “Bonde do Trigão”, lo que le daba un toque místico/urbano a su habitación ya que no tenía espejos para hacer que su habitación pareciera más grande. Debe ser por esto que estaba todo el tiempo tan despeinado. Las condiciones para vivir en un espacio más grande eran muy caras para un joven adulto como Ulysses que trabajaba y apenas hacía lo suficiente para vivir, por eso debía conformarse con vivir sus días en aquel pequeño espacio con tema de selva, reforzada por la gran cantidad de flores y plantas que se dedicaba a coleccionar. Todos en la favela vivían en las mismas circunstancias.

Personas con deseos de superarse, haciendo lo imposible para sobrevivir y aun así sus vidas dictadas por los grandes poderes desconocidos, invisibles para la gente de aquella clase. Pero la reciprocidad de condiciones convertía en empatía cualquier situación y a pesar de sus diferencias y de vivir literalmente unos encima de otros, existía un gran sentido de comunidad, un gran sentido de familia por aquellas partes. Todos se conocían de alguna manera u otra y se apoyaban mutuamente si a alguien le faltaba algo. Era muy fácil saber si alguien no era de allí. Hacían "de tripas, corazones" como solían decir constantemente.

Listo y contento para salir a la calle, Ulysses consideró el color de su camisa. Le quitó la etiqueta de nombre y se quitó la camisa. Ulysses tenía en varias partes de su cuerpo, en la parte baja de su pecho, sus hombros y su nuca un mismo tipo tatuaje de forma circular con lo que parecía ser algún tipo de jeroglífico en el centro. Ulysses rebuscó en su armario, se cambió los pantalones largos que tenía y se puso mejor su traje de baños para la ocasión. Ulysses buscó entre sus camisas, tirándolas todas al suelo, roja, violeta, azul, negra, y finalmente decidió ponerse una verde, casi del mismo color de la anterior, aunque un verde un poco más oscura. Se puede decir que Ulysses tenía su propia línea de ropa, su propia moda. Tenía un estilo peculiar, categorizado como "urbanamente pobre". Ulysses tomó la etiqueta con su nombre y se la colocó en el pecho a la camisa. Al ponerse la etiqueta se dio cuenta que en la palma de su mano izquierda tenía varios patrones formados como los otros que ya tenía por su cuerpo.

Ulysses no siempre había tenido todos aquellos símbolos tatuados en su cuerpo. Estos habían aparecido a través de su vida a la medida que fue creciendo. El único que recuerda haber tenido siempre es el que estaba en su pecho, y con el tiempo había descubierto que en sus hombros se dibujaron por sí solos otros dos. Primero pensó que era un tipo de enfermedad, así como cáncer en la piel o que quizás las líneas dentro del símbolo redondo delineaban sus venas envenenadas por algún extraño y maléfico veneno. Pero a pesar de todo Ulysses nunca fue al doctor para confirmar ninguna de sus hipótesis. La realidad es que no había podido ir al doctor, ya que había vivido siempre en la calle. Ulysses conocía su edad de pura casualidad: una vez cuando era pequeño se enfermó con una fiebre muy fuerte e intentó buscar ayuda en un hospital de la ciudad donde le hicieron pruebas de sangre para asegurarse de que no tenía ninguna infección. Al hacerle las pruebas de sangre no solo Ulysses descubrió su edad, sino que también descubrió que tenía una enfermedad llamada 'sickle cell' en donde las células rojas de su sangre no reciben oxígeno suficiente. Luego que lo estabilizaron en el hospital, las autoridades intentaron reclutarlo como internado para que eventualmente se convirtiera en un oficial de la guardia WEALTH. Esto era lo que hacían con todos los niños que encontraban en la calle solos. Incluso con los adultos que no poseían ingresos económicos. Pero Ulysses logró escapar antes. A través de los años Ulysses había logrado sobrevivir su condición ya que conoció a un doctor de la calle que vivía cerca. Este doctor, con tratamientos no muy convencionales había logrado mantener a Ulysses vivo hasta el presente. Hasta el sol de hoy Ulysses no sabía el nombre de aquel doctor, siempre le llamó "Tío" porque la primera vez que lo conoció Ulysses se encontraba en la calle sufriendo un episodio cuando el doctor se le acercó y lo primero que le dijo fue que Ulysses le recordaba a un sobrino que él tiene. Era uno de los muy pocos amigos que Ulysses tenía, por no decir el único. Era un hombre muy antiguo, medio cascarrabias pero muy bien intencionado. A lo largo de su vida le continuaron dando episodios fuertes a Ulysses relacionados a su condición, lo que no le permitía hacer tantas cosas cuantas quería, pero aún así esto no detenía a

Ulysses de vivir una vida llena de aventuras. Ulysses descubrió el símbolo que se dibujó en su nuca cuando tenía diecisiete años. Caminaba por las calles de la ciudad y una joven lo detuvo para complementarle su cabello y para preguntarle dónde se había hecho el tatuaje tan interesante que tenía en la nuca. Entre el rubor del cumplido por la joven, con las cuales no tenía mucha comunicación por su timidez de adolescente, y la confusión de descubrir que, de hecho, había aparecido otro de esos símbolos en su cuerpo, Ulysses no supo contestar diciendo un "Gracias" entrecortado y salió corriendo.

Ulysses tenía ya 27 años y no esperaba que los símbolos continuaran apareciendo.

Otro dato curioso de Ulysses es que, por alguna extraña razón que aún no conocía, podía escuchar y oler cuando sus plantas estaban creciendo. Esto lo descubrió cuando en sus tempranos años de adolescencia todos los días escuchaba un sonido como de leña quemándose y un extraño olor a petricor con dulce cuando no había llovido en su cuarto. No que alguna vez haya llovido en su cuarto. Ulysses descifró que eran sus plantas creciendo al seguir el origen de aquel sonido tan peculiar, cuando llegó a sus plantas le dio con probar una de sus hojas y efectivamente tenían el mismo sabor dulce. Otras habilidades extrañas de Ulysses era que podía predecir cuando venían temblores de tierra mucho antes de que sucedieran, era muy tolerante al fuego y podía moldear el plástico con extraña facilidad.

Tengo que ir al doctor - pensó Ulysses mirándose la palma de la mano - ¡Ja! ¡Y que Tío un doctor! - Y con una carcajada Ulysses tomó una taza con la que media el arroz cuando cocinaba, le echó agua de la pluma y regó agua sobre las plantas y flores de su cuarto. Ulysses tenía nombres pintados en sus tiestos de flores. Estos eran Elba, María, Negry, Pilar, Yolanda, Isabel y Milagros, los nombres los había tomado de un libro que cuenta cómo estas siete mujeres se habían convertido en las patronas de las flores en lo que una vez fue el Caribe. Al terminar de regar las plantas y flores, Ulysses se volteó, llamó a Aquiles, y este le saltó en su hombro. Ulysses se puso sus zapatillas viejas, se amarró un pañuelo negro alrededor de su cuello, tomó su mochila, su aereotabla y salieron por la puerta. El edificio en donde vivían tenía cinco niveles. Tenía muchos apartamentos agrupados por piso. Ulysses y Aquiles vivían en el último piso, lo que les daba la oportunidad de escuchar un pedazo de conversación de cada piso y saludar a las señoras mayores que se sentaban en el pasillo con sillas, que también servían de andador, para hablar con sus vecinos y todo el que se pasaba. Vivir en el último piso les daba también acceso fácil al techo del edificio. Esto les daba la oportunidad a Ulysses y a Aquiles de ver el centro de la ciudad con sus grandes rascacielos. A pesar de que su edificio no era tan alto, vivían en la cima de una montaña. Ulysses y Aquiles podían ver la costa de lo que era una vez la gran playa Copacabana, donde lo que una vez era arena se había convertido en roca volcánica y de lo que es también ahora uno de los límites de la ciudad desde donde se veía solo la luz brillante y amenazante de los océanos de lava que habitaban justo al otro lado de la BOPUL. Tenían vista de la gran montaña en donde aún se encontraba parte de la famosa estatua del Cristo Redentor y las otras montañas que rodeaban la ciudad, que una vez estaban cubiertas de árboles y vegetación pero ahora eran el hogar de edificios de apartamentos donde vivían multitudes. También podían ver el resto de la gran favela que había sido parcialmente reconstruida en edificios de apartamentos como aquel en donde vivían. Ulysses y Aquiles podían mirar sobre los límites de la ciudad hacia el interior del continente, donde una vez se encontraba la gran selva amazónica, terreno que ha permanecido destruido e inhabitable desde el tiempo de la catástrofe, separado por la BOPUL hasta llegar a la próxima gran ciudad del continente. Lo más que le encantaba a Ulysses observar desde su techo era la infinidad del Universo sobre él. Su imaginación lo llevaba más allá de la inmensidad de las estrellas a la que era testigo. Constantemente se preguntaba si existía un mundo más allá de las estrellas. Tenía que existir algo más, pensaba.

Al trabajar tanto en la calle Ulysses se convirtió en un experto construyendo cosas para las cuales no tenía el dinero para comprar. Había aprendido a construir consolas de videojuegos donde había practicado día y noche para ganar el torneo de videojuegos que se celebraba anualmente y en donde había ganado en ciertas ocasiones dándole así el dinero suficiente para sobrevivir un tiempo más. Ulysses le había hecho mejoras a su aerotabla para que corriera con más velocidad, unos "goggles" o gafas de protección que utilizaba mientras corría con su aerotabla por las calles por aquello de que algún insecto no le estropeara la vista, y finalmente las esculturas mecánicas que hacía en el techo de su edificio.

Como casi nadie subía allí, Ulysses había convertido aquel el techo del edificio donde vivía en una especie de galería. A Ulysses le fascinaba el arte en todos sus aspectos, pero la destreza que se había robado su corazón era el arte de esculpir, por tanto Ulysses dedicaba gran parte de su tiempo en aprender y desarrollar este arte. El arte de la escultura comenzó a aprenderlo

observando a los grandes artistas trabajando en las galerías que se encontraban en los puertos, en los límites de la ciudad. Ulysses había comenzado con esculturas pequeñas hechas de cartón ya que no poseía los recursos para comprar cualquier otro material. Esto se desarrolló a plástico y otros materiales reciclables que Ulysses utilizaba para hacer esculturas de hasta ocho pies de altura. Su trabajo mayormente se componía de recrear las figuras de personas interesantes que se encontraba en la calle. Ulysses mezclaba las figuras con deformidades que reflejaran la esencia del alma de cada una. Lo que hacía en muchas ocasiones era que se sentaba en una esquina de una calle poblada dentro del casco urbano, escogía a alguien y lo dibujaba. En ocasiones, si se le era imposible conseguir un buen ángulo para dibujar a la persona, su ambición artística lo llevaba a buscar la manera de entablar una conversación con ellos lo que lo ha llevado a conocer datos muy curiosos sobre la vida de estos extraños y de cómo veían el mundo. A veces estos compartían datos interesantes sobre la historia de la ciudad en donde vivían, otros compartían datos curiosos de historia que Ulysses no conocía. Claro, no todo el mundo accedía a una entrevista, pero había tenido la suerte de que la mayoría de las personas estaban dispuestas. A pesar de que era extraño, Ulysses tenía mucho carisma. Lamentablemente Ulysses no tenía mucha suerte haciendo amigos permanentes. Por extraña razón siempre se encontraba con el rechazo. Esto lo hacía sentir como si no perteneciera en la sociedad en la que vivía, como si fuera de otro lugar, de otro tiempo. Y ni hablar de los amores. Toda señal de carisma desaparecía cuando Ulysses veía a una chica que le parecía atractiva. Era como si le borraran todo pensamiento de cómo uno se debería comportar socialmente y por tanto parecía más extraño de lo usual. En realidad Ulysses había tenido muy pocas experiencias en el amor. No era como si hubiese tenido esa figura paternal que le hablara sobre las chicas ni cómo se debería comportar alrededor de ellas. Ulysses había tenido su primer beso pero más tarde de lo que normalmente los niños deciden experimentar tocar los labios de otra persona por primera vez. Su nombre era Viviana, tenía los ojos en forma de almendras y olía a mil flores. Era huérfana también, pero había sido rescatada de las calles y adoptada, desde entonces había perdido toda comunicación con ella. Entonces Ulysses andaba por la vida confesando su amor platónico en su mente a chicas que ni se atrevía hablarle. Quizás era todo el tiempo que pasaba solo con su fiel compañero Aquiles o el estar tanto tiempo escuchando "funk brasileiro" en sus audífonos o la manera muy peculiar que tenía de expresarse lo que lo hacía un fracaso socialmente, quizás debería intentar su suerte con más reptiles. Últimamente Ulysses se había envuelto en un proyecto diferente. Su último trabajo se había compuesto en crear cuatro figuras altísimas que soñó una noche no muy lejana. La noche que tuvo el sueño, Ulysses se levantó con la extraña y muy real noción de que en algún punto en el tiempo él había vivido eso antes. El sueño él se encontraba caminando por una selva muy densa donde el sonido de la vida animal era increíble, hacía un día muy soleado y el cielo era azul, fenómeno que no existía en sus tiempos. Al final del sueño Ulysses recuerda encontrarse de frente a estas cuatro figuras gigantes que parecían ser humanas pero no lo eran. Como Ulysses no conocía a su familia, no sabía si existía alguna en realidad. Pero...¿De algún lugar debía venir no? Ese era el pensamiento que corría por su mente aquellos días que la tristeza ocupaba todo el espacio de su pequeño cuarto. Por eso Ulysses tomó la costumbre de ponerse una etiqueta de nombre en su camisa a ver si esto ayudaba cuando conocía gente nueva cada vez que salía a la calle a dibujar extraños. El Festival de los dioses parecía como la oportunidad perfecta.

Al salir por la entrada de su edificio, Ulysses se encontró con que las calles ya estaban abarrotadas y el aroma festivo estaba en alto volumen. Ulysses, como de costumbre, intentó buscar una solución más viable que le permitiera moverse con su aerotabla libremente. Observó los postes de electricidad y se le ocurrió una idea. Volvió a entrar a su edificio, subió hasta el techo. Ya en el techo Ulysses se puso sus audífonos con funk brasileiro, tomó impulso, salió corriendo y saltó con su aerotabla del techo a encima de los cables de electricidad de los postes que se encontraban justo al frente del edificio. Ulysses montó los cables eléctricos de los postes que conectaban "surfeandolos" colina abajo hasta llegar al centro de la ciudad. Esto causó revuelo entre el público que veía a Ulysses desde la calle y añadió a los aires festivos de la comunidad, lo cual alimentaba el sentido de aventura de Ulysses.

El centro de la ciudad era un lugar a donde Ulysses le gustaba frecuentar y que recordaba de muy niño. Allí se encontraba un gran árbol de Ceiba que medía unos ciento veinte metros y se podía ver desde casi cualquier punto en la ciudad. Estaba muy bien protegido por las autoridades de Recursos Naturales. Era un fenómeno ambiental aquel árbol gigantesco ya que era tan viejo como la gran catástrofe y había sobrevivido hasta entonces. Muchos de los ciudadanos de Río de Janeiro le habían dado un significado sagrado al árbol por todo lo que de alguna manera u otra representaba. Ulysses sentía una conexión muy fuerte con aquel árbol ya que de los primeros recuerdos que tiene, de cuando tenía unos tres años, era que él vivió solo escondido entre las raíces gigantescas de aquel árbol durante sus años de infancia. Ese era el aspecto más curioso de su vida que hasta entonces nadie conocía. Y fue allí donde conoció a su pequeño amigo Aquiles. En su cumpleaños número trece, cuando ya no vivía allí, Ulysses fue a llevarle unas semillas al árbol y vio una especie de nido que parecía hecho de hilos. Le pareció muy curioso y cuando lo abrió descubrió un pequeño lagarto acurrucado solo, dentro del nido. Desde ahí fueron inseparables.

Para Ulysses ese árbol era lo más cercano que tenía a un padre o una madre. Era donde había escuchado su nombre por primera vez. Había un señor que se pasaba haciendo cuentos alrededor de la Ceiba que a Ulysses le gustaba escuchar. Hacía cuentos sobre leyendas de héroes y guerreros de la historia. Ulysses le atraían mucho estas historias y cuando escuchó la historia del gran guerrero Ulysses decidió que ese iría a ser su nombre.

La tasa de huérfanos en las grandes ciudades era muy alta, muchos adultos abandonaban a sus hijos, o perecían ya que no tenían cómo mantenerse ellos mismos, y menos aún, mantener a sus niños. Así que no era muy extraño encontrar a un niño o niña sin guardianes merodeando solo por las calles de la ciudad. En cuanto a las autoridades, a estos no les importaba mucho. Entonces desde muy pequeño Ulysses moraba las calles de la ciudad lo que le hizo conocerla mejor que nadie. Ulysses desarrolló desde muy pequeño la astucia que necesitaba para sobrevivir en la calle. Trabajó desde muy temprana edad, desde recoger y vender basura, hasta construcción. Ulysses era muy bueno con sus manos, lo que le permitió quedarse mucho tiempo allí. Era donde se encontraba trabajando hasta el momento presente.

De tanto haber trabajado, a Ulysses había acumulado días libres los cuales escogió que tres de ellos fueran durante las celebraciones del Festival de los dioses. Este año se sentía muy importante para Ulysses ya que sus compañeros del trabajo de construcción lo habían invitado a reunirse con ellos para ver el espectáculo de las luces. Ulysses usualmente veía el espectáculo solo con la compañía de su pequeño amigo reptil Aquiles, pero quizás este era el año donde al fin el destino el sonreiría con amistades humanas.

Antes de continuar con la celebración del festival, Ulysses siempre le mostraba sus respetos al gran árbol de Ceiba. Todos los años en el primer día del festival Ulysses le llevaba semillas de flores y plantas que coleccionaba a modo de contribución para reunificar o reforzar la fuerza de la naturaleza que le había brindado protección cuando era niño. Ulysses le rezó su oración al árbol rápidamente y le dijo en voz baja - Me invitaron a ver las luces. ¡Deséame suerte! - y con un fuerte apretón a una de sus raíces, se volvió a montar en su aerotabla corriendo por la avenida llena de gente. Los compañeros de Ulysses habían quedado con encontrarse en la calle Avenida Atlántica que se encontraba a dos cuadras del nuevo edificio en el que se encontraban trabajando al momento. En el trabajo Ulysses se mantenía callado haciendo sus labores, quizás para ser percibido como autosuficiente y ocultar el deseo aparente de hacer amistades, o quizás porque no quería parecer muy torpe a la hora de relacionarse con alguien, como le había sucedido muy a menudo. Aún así esto no le detenía intentar mantener una conversación, cuando le hablaban. Hasta ese entonces no había tenido suerte. Pero un día, distraído, Ulysses se atrevió a decir un comentario que ni a él le parecía gracioso, pero como por arte de magia fue el chiste del día en su trabajo. Ese mismo día inesperadamente los compañeros del trabajo le mencionaron que se iban a reunir junto con sus familias para ver el espectáculo de las luces, que quizás debería acompañarlos. Esa noche Ulysses casi no durmió sin atrever a confesarse a sí mismo todos los escenarios que estaba creando en su cabeza planificando cada momento que pasaría con sus nuevos amigos y de cómo planificaba presentarles lo divertido que él realmente era. Solo si le daban la oportunidad.

Ulysses llegó a la Avenida Atlántica y se mantuvo como a cincuenta metros del punto de encuentro. No quería llegar muy temprano. Pensaba que si llegaba muy temprano esto lo iba a hacer ver demasiado comprometido con querer causar una buena impresión. En cambio si llegaba un poco tarde, esto le daría un aire más relajado. Ulysses era un muchacho relajado de por sí, hacía las cosas a su ritmo, pero esta situación era una excepción para él. Y así esperó, prestando atención desde la distancia a la llegada de sus compañeros de trabajo.

Las calles repletas de gente, ruido por todas partes, volaban banderines, luciérnagas artificiales, petardos y otras pirotecnias que se habían ingeniado para hacer de esa celebración la más memorable. Habían hasta gigantes figuras de globos flotando por los aires dirigidas a control remoto que por poco causaron uno que otro accidente con los autos que pasaban volando a toda velocidad. La música retumbaba de las bocinas de carrozas que pasaban decoradas con el tema general del festival. Habían grupos de personas que hacían su música con sus propios instrumentos mientras inducían al público a cantar con ellos las canciones que eran popularmente conocidas por el pueblo. Habían carritos especializados en vender comida y bebida. La gente hacía filas largas para comprarse sus platos de comida típica mientras al lado unos se sentaban en la acera a esperar por la comida que ya habían ordenado. Jóvenes adolescentes fumaban marihuana cerca de las verjas o callejones entre los edificios mientras los niños lanzaban balones de papel por los aires llenos de luces que se descuartizaban en el aire y dejaban salir pirotecnias que parecían luciérnagas volando por los aires en todas direcciones. Era un ambiente muy inclusivo el Festival de los dioses, donde todos los grupos dentro de la sociedad se reunían armoniosamente. El festival estaba supuesto a recrear el caos y celebrar la unión de la humanidad enfrentándose a los fenómenos apocalípticos durante tres días resultando victoriosos al final del último día de estragos. Hubo un tiempo en que Ulysses no se encontraba completamente solo durante estos tiempos. Si llegó a tener un amigo con quien corría las calles durante el carnaval y fue quien le obsequió su aerotabla. Al contrario de Ulysses que vivía en la calle en esos tiempos, su amigo venía de una familia pudiente. Tanto que casi los cualificaban para ser parte de la sociedad de los WEALTH. Pero la apariencia física mutada que tenían jamás permitiría la entrada a la tan exclusiva sociedad. Desafortunadamente todo este dinero de su familia no lograría salvarlo de su enfermedad terminal. Y así Ulysses quedó solo de nuevo, con la aerotabla que le regaló su amigo, y su pequeño reptil Aquiles.

Pasó el tiempo y los compañeros de trabajo de Ulysses no aparecían, estaban tan retrasados que ya ni el plan de llegar tarde para parecer más relajado era relevante. Y ahí quedó Ulysses esperando, pensando que en cualquier momento podrían aparecer, pero aún nada. La desilusión de Ulysses crecía mientras se fingía que no le importaba. Allí parado comenzó a planificar cómo iba a mostrar su indiferencia cuando volvieran al trabajo dentro de tres días, pero se le iba a hacer muy difícil, ya que se había hecho de muchas ilusiones.

Echó un vistazo una vez más para asegurarse de que no estaban allí y le dijo a Aquiles - Vamos - y mirando a las luces dijo - otro año más. Se iba a montar en su aerotabla cuando de repente sintió una mano que le agarró su hombro derecho. Ulysses se volteó para ver quién lo había detenido y era Carlos, su compañero de trabajo que lo había invitado.

¡Ulysses! - dijo sobresaltado - Te estábamos buscando. Creo que nos equivocamos y te dimos la dirección incorrecta. No nos habíamos percatado que existían dos edificios del banco rural en la misma calle.

Ulysses respondió rápido con un - ¡Sí, sí! No hay problema, no hay problema - mientras una gran sonrisa se dibujaba en su rostro. Luego Ulysses se recordó de su plan para parecer más relajado y así lo intento, para ser más “cool”.

¡Bien! - continuó Carlos - Estamos por acá. Sígueme.

Y así entre la multitud de personas celebrando Ulysses siguió a Carlos hasta llegar al otro edificio del banco rural que se encontraba en aquella calle. Ulysses pudo ver a todos sus compañeros de trabajo entre sentados en sillas plegables y parados alrededor de una pequeña máquina de barbacoa que hacia centro al área que marcaba el terreno de su grupo.

¡Lo encontré! - dijo Carlos a los demás victorioso.

Todos se alegraron y le dieron la bienvenida a Ulysses entre palmadas y medios abrazos. Algunos de estos tenían a sus animales también allí como Ulysses tenía a Aquiles. Otros estaban con sus parejas, bebían cervezas y otros licores, fumaban y cantaban las canciones populares que resonaban en el aire. Al parecer iba a ser un gran festival este año para Ulysses.

El espectáculo de luces que marcaría el "highlight" de esa noche estaba pronto a comenzar. Los compañeros de Ulysses compartieron con él cervezas, comida y un cigarrillo de marihuana, lo que ayudó a Ulysses a soltarse un poco e interactuar con menos miedo a ser juzgado. Conversaron un poco sobre lo que le gustaba hacer a cada uno en su tiempo libre. Cuando llegó el turno de Ulysses para compartir, este vaciló un poco ya que no quería parecer extraño frente a sus nuevos amigos, pero tomó valentía y dijo lentamente - me gusta hacer esculturas de gente que dibujo en la calle en el techo de mi edificio...con objetos reciclados.

Todos se quedaron mirándolo perplejos por un momento y Ulysses temió lo peor. Pero después de un momento todos resaltaron diciendo cosas como "wow" o "no sabía que eras artista". Finalmente uno de sus compañeros le mencionó - Un día me encantaría modelar para ti. Es más, traeré a mi pareja también.
Todos echaron una carcajada amistosa. Los compañeros de Ulysses le mencionaron que le gustaban los tatuajes que tenía en su cuerpo. Luego Ulysses recordó los símbolos nuevos que había descubierto en su mano más temprano, y disimuladamente revisó la palma de su mano y se sorprendió de ver que no solo ya se había completado el símbolo, sino que ahora lo tenía en ambas palmas de las manos. Se encontró con que detrás de sus pantorrillas uno de estos estaba en desarrollo. Su ensimismamiento fue interrumpido por sus compañeros que le preguntaron de dónde se había inspirado el diseño de sus tatuajes y de

por qué utilizaba el mismo diseño para todo su cuerpo. Ulysses tuvo que inventar una contestación ya que hasta a él mismo le parecía extraño este hecho también. Les dijo que era un dibujo que había visto en sus sueños. Razón que estaba más cerca a la realidad de lo que él pensaba. A pesar de su casi desilusión y su miedo a causar una impresión errónea, Ulysses sintió una esperanza y confianza en sí mismo que batallaba toda inseguridad o momento oscuro y solitario que había experimentado hasta entonces. Lo estaban aceptando por como era. Uno de sus compañeros estaba pasando un pequeño contenedor de plástico que tenía dentro unos pedazos de color marrón que Ulysses no supo identificar. Le preguntó a sus compañeros que era y mientras estos se lo metían a la boca y lo masticaban le respondieron - Te ayudará a tener una mejor experiencia cuando veas el espectáculo - Ulysses tomó un pedazo, lo masticó y lo tragó al igual que sus compañeros, tenía una constancia rara y sabía a tierra. Justo a tiempo, comenzó el espectáculo de luces. Todas las luces de todos los edificios, postes y semáforos se apagaron. Esa era la señal de que el espectáculo iba a comenzar. El público aplaudió, gritó con emoción y concentró su mirada en los rascacielos. De repente todos los postes de la ciudad comenzaron a encenderse y a apagarse en sincronización con diferentes colores, luego en los edificios más pequeños se resaltaron imágenes y patrones al ritmo del himno nacional de Brasil. Al terminar le siguió una mezcla de las canciones más populares de ese año, canciones muy movidas que llevaban a las luces a hacer piruetas increíbles.

Ulysses no estaba seguro si era el efecto de las luces pero de momento juro haber visto a los rascacielos doblándose como si estuvieran hechos de goma. Luego se volteó hacia sus amigos para confirmar lo que estaba viendo, y al parecer por las reacciones de asombro e incredulidad de sus compañeros estaban todos compartiendo la misma experiencia. De momento llamas de fuego comenzaron a salir de detrás de la cabeza de uno de sus compañeros. Ulysses se asustó, cerró los ojos como para ver mejor, los volvió a abrir y las llamas de fuego ya no estaban. Un pensamiento le corrió por la cabeza a Ulysses, acto seguido se puso a buscar entre las cosas de sus compañeros por aquel contenedor de plástico. Finalmente lo encontró, miró la tapa del contenedor y esta leía "Hongo P.". Ulysses se quedó perplejo. Había probado otras drogas antes pero nunca esta. Por lo menos tuvo la tranquilidad de entender que lo que le estaba pasando era causa de las drogas y no de una psicosis inmediata. Volvió a mirar hacia los rascacielos y ya no estaban. Lo único que veía eran nubes. Los efectos del hongo convencieron a Ulysses de que estas nubes eran reales, no como las que recreaban con la tecnología de la ciudad, sino hechas de vapor con agua de una atmósfera que no existía. Estas tomaron formas de animales y objetos. Ulysses comenzó a sentir luego como que estaba lloviendo, y todo esto mientras tanto el espectáculo continuaba. Como arte de magia, y gracias a la tecnología, las luces saltaban de los edificios y comenzaron a bailar por los aires como si fueran nadadoras de sincronización y el aire era su piscina. Las luces volaban cerca de las cabezas del público. Luego comenzaron a saltar encima de cada cabeza como si estuvieran rebotando de ellas, al final se dividieron en numerosas partículas pequeñas y se dispararon al cielo hasta llegar al tope de la BOPUL. En ese momento Ulysses comenzó a ver que se abría un cráter en la tierra en medio de la calle y como una luz verde intensa salía del fondo. Ulysses respiró hondo e intentó enfocarse solo en el espectáculo. Carlos notó a Ulysses un poco fuera de sí, le puso la mano en el hombro y le reafirmó - Estas bien hermano - Esto ayudó a Ulysses a calmarse, pero poco después sintió un desbalance. De momento se sentía como cuando le iba a dar un episodio de 'sickle cell'. Luces en forma de maya bajaron de la BOPUL volando por los rascacielos, los postes y el público hasta llegar hasta el suelo como si estuvieran escaneando todo. Luego al tope de la BOPUL, como si fuera una presentación cinematográfica, se comenzaron a reflejar momentos increíbles de ese año, fotos, mensajes y escritos que toda la ciudad podía ver, era increíble. El espectáculo todos los años era maravilloso, pero ese año le parecía más espectacular aún a Ulysses por el simple hecho de tener con quien compartirlo, y por la ilusión óptica reforzada por las drogas que le compartieron sus compañeros. Sentirse aceptado era una de las cosas que más anhelaba en esos últimos años. Sus sueños de grandeza se le habían muerto y se encontraba en la constante y presente aceptación de sus circunstancias sin ninguna ambición excepto de vivir como era, junto a personas que lo quisieran por como él era.

Y de repente ¡BOOM! Un fuerte sacudido lo trajo de vuelta a la realidad. Comenzó a sentir palpitaciones, le faltaba aire.

No, ahora no, por favor - pensó Ulysses.

Pero al parecer su condición no iba a tener misericordia con él en ese instante. Ulysses se tambaleó y cayó al piso. Sus compañeros no se dieron cuenta al momento porque estaban muy entretenidos con las luces. Era muy fuerte esta vez lo que sentía Ulysses, quizás era una mezcla de las drogas que había hecho que lo ponía tan en riesgo. Cuando estaba a punto de perder el conocimiento logró tocar la pierna de uno de sus compañeros que se dio cuenta de Ulysses en el suelo, y advirtió a los demás. Estos intentaron recuperarlo, pero al ver que no podían sacarlo de su estado lo llevaron al hospital. Ulysses solo veía ráfagas de lo que sucedía, cuando volvió a abrir los ojos estaba en un diminuto cuarto de hospital con tubos y jeringuillas conectadas a su cuerpo, tendido en la camilla con una bata de paciente y con sus pertenencias encima de una silla junto a él. Una enfermera notó desde el pasillo que Ulysses había despertado y se lo indicó a un doctor. Este entró rápido y continuó a interrogar a Ulysses.

¿Sabes cuál es tu nombre hijo? - preguntó el doctor.

Ulysses - contestó Ulysses.

¿Edad? - volvió a preguntar el doctor.

Veintisiete - respondió Ulysses.

¿Sabía de la existencia de su condición? - preguntó el doctor.

Sí - respondió Ulysses.

¿Desde hace cuánto tiempo la tiene? Si recuerda. - dijo el doctor.

Me la descubrieron cuando tenía siete años - contestó Ulysses.

Y a qué hospital va normalmente para tratarse cuando le da algún episodio - preguntó el doctor.

Ulysses no respondió por un momento, luego dijo - Con un doctor que conozco en la calle.

¿En la calle? - preguntó el doctor intentando entender lo que acababa de escuchar - ¿Tiene usted cómo pagar los laboratorios que se le hicieron Ulysses?

No - respondió Ulysses con firmeza.

Muy bien...Le vamos a tener que hacer unos estudios más para estabilizarlo y luego lo dejaremos ir - dijo el doctor mientras hacía unos últimos apuntes. El doctor le brindó una sonrisa pasajera y salió del cuarto. Ulysses persiguió al doctor con la mirada. Notó afuera en el pasillo como el doctor se reunía para hablar con unos miembros de la guardia. Esto le trajo memorias a Ulysses, algo le dijo 'muévete', y así lo hizo. Ulysses se arrancó las jeringuillas y se tapó los golpes con servilletas para detener la sangre, luego tomó su ropa, su mochila donde Aquiles se encontraba escondido y su aerotabla. Ulysses se levantó rápido, aún se encontraba un poco débil, pero no había tiempo que perder, ya venían por él. Ulysses abrió la ventana del cuarto, estaba en un tercer piso, alto pero no lo suficientemente alto para detener su huida. Ulysses tomó valentía y se balanceó sobre la ventana, cruzó a la parte de afuera y se paró sobre el barandal. Ulysses calculó los saltos con su aerotabla de donde estaba hasta donde podría finalmente aterrizar sano y salvo en el suelo y lo bastante lejos del hospital para escapar - Del poste al cable, del cable al próximo barandal, del barandal a la salida de incendios, de la salida de incendios al contenedor de basura y de ah - su línea de pensamiento se interrumpió, ya venían por el.

¡Eh! ¡Salga de la ventana! - llamaron los agentes al descubrir a Ulysses.

¡Eso haré! - se dijo Ulysses, y una vez más tomó impulso arriesgando todo en su primer salto. Con su aerotabla saltó al poste, del poste de luz cruzó al otro lado de la calle sobre el cable de electricidad y con el impulso del viaje aterrizó en el barandal de otro edificio de donde rebotó a la salida de incendios un piso más abajo, para finalmente saltar al contenedor de basura que se encontraba justo al lado, y de ahí:

Pan comido - se dijo Ulysses mientras aterrizaba en la acera. Ulysses miró hacia atrás a la ventana del hospital desde donde había saltado y los agentes de la guardia asombrados de lo que acababan de ver a Ulysses hacer daban direcciones. Ulysses aprovechó la adrenalina que aún se apoderaba de su cuerpo y huyó la escena antes de que se volviera a sentir débil.

5

ILUMINACIÓN

Luego que el espectáculo de luces terminó, mucha gente se quedó celebrando por las calles ese primer día del Festival de los dioses. Ya era muy tarde y Ulysses debía encontrar la manera de volver a su apartamento bajo los remanentes efectos del hongo y de su creciente debilidad debido al reciente episodio que lo llevó al hospital. Ulysses, aún vestido en la bata de hospital y con su mochila puesta con su pequeño amigo reptil Aquiles dentro, iba de vuelta en su aerotabla a lo alto de la favela, tenía la certeza de que los de la guardia no lo irían a encontrar allí, su comunidad lo protegería a toda costa. Mientras corría su aerotabla flotando por las calles Ulysses iba perdiendo y recuperando la noción de la realidad. El no tener contacto directo con el suelo no ayudaba. Bajo su perspectiva alterada las calles se convirtieron para Ulysses en caminos de dulces con colores de arcoíris y el viento que empujaba su bata hacia atrás se convirtió en una capa voladora. En ese instante se había recordado de una película muy antigua, hecha antes de la catástrofe, sobre un chico que tenía una alfombra mágica que volaba por los aires. De momento Ulysses se sentía que era un superhéroe con su alfombra voladora viajando en el tiempo sobre caminos de un dulce arcoíris. De alguna manera u otra su inconsciente dirigió a Ulysses victoriosamente a su edificio. Ulysses subió las escaleras a su apartamento aún siguiendo el camino colorido, le dio las buenas noches a una de las señoras sentada en su silla de andador que en su mente se había convertido en una duende danzante con pétalos en los cabellos, y cuando estaba a punto de abrir la puerta de su apartamento para continuar su travesía a su pequeño espacio, sintió de momento como un gran impulso de inspiración que le arropó los sentidos y sin pensarlo se subió al techo. Con los objetos reciclables que tenía ya en el techo, Ulysses intentó hacer nuevas esculturas con lo que recordaba de sus compañeros que le habían ayudado a pasar una noche inolvidable. El resultado fue demasiado contemporáneo, las figuras no parecían humanas en absoluto, era como si hubiese inventado una nueva forma de interpretar la figura humana, pero ante sus ojos la esculturas se veían exactamente como había recordado a sus compañeros. Así dieron las cuatro de la mañana y Ulysses decidió ver el sol asomarse poco a poco por el espacio exterior por aquella parte del mundo.

Se tiene que ver espectacular - le dijo Ulysses a Aquiles quién se encontraba posado sobre una de las esculturas. De momento Ulysses le echó un vistazo al trabajo que aún no había terminado: Las cuatro figuras fantásticas. Ulysses las observó por un momento para ver si recordaba algo sobre el sueño que lo inspirara a continuar su trabajo, pero nada. De momento escuchó como un silbido muy agudo. Ulysses buscó por todas partes para saber de dónde venía aquel sonido, pensó que pudo haber sido una ilusión por el efecto del hongo en su sistema, pero divisó un rayo de luz muy brillante de detrás de las esculturas. Inseguro, Ulysses se asomó para ver qué era exactamente aquel rayo de luz. Al asomarse para poder ver por detrás de sus esculturas gigantes Ulysses logró ver en la calle desde su techo, en dirección hacia dónde una vez se encontraba la selva Amazónica, un rayo delgado de luz blanca que marcaba un sendero.

Pero si el espectáculo terminó - pensó Ulysses. Luego recordó que aún podía haber estado bajo los efectos del hongo. Como si fuera un hechizo puesto sobre él, su curiosidad e inspiración lo esclavizaron y lo llevaron bajar a la calle, montarse en su aerotabla y continuar el sendero que marcaba hacia el rayo de luz brillante. Aquiles lo seguía a toda prisa. Esta vez nada podía distraer a Ulysses, ni la gente borracha cantando por las calles, ni las pirotecnias que explotaban, sólo existía el sendero de luz y él siguiéndolo a su destino final. Ulysses cruzó por calles, callejones, pasó por en medio de edificios abandonados hasta que finalmente llegó a la recta final. Era una calle sin salida que tenía a los costados edificios muy antiguos de vivienda, pero todos parecían haber sido abandonados hace mucho tiempo. Era como una pequeña calle de la ciudad que todos habían olvidado. Ulysses no se acordaba de jamás haber pasado por aquella calle. Mientras tanto la luz continuaba brillando y Ulysses decidió continuar. Al acercarse al final de la calle, Ulysses se dio cuenta de que la luz continuaba su sendero por en medio de una especie de árboles y arbustos que jamás había visto antes. Tenían muchas flores en sus ramas y otros frutos. Ulysses se detuvo frente a ellos y volvió a pensar que debía ser los efectos del hongo, tanta vegetación no se podría encontrar allí, hasta que el pequeño Aquiles saltó de su hombro al suelo y corrió rápidamente siguiendo el sendero que se adentraba entre los árboles. En seguida Ulysses desmontó su aerotabla, la puso bajo su brazo y sin pensarlo salió corriendo detrás de su pequeño amigo por entre los arbustos.

¡Aquiles! ¿A dónde vas? - llamó Ulysses.

Aquiles se había detenido justo al otro lado de la entrada de árboles, lo cual le permitió a Ulysses alcanzarlo. Una vez juntos Aquiles volvió a montarse en el hombro de su amigo. De momento Ulysses escuchó un sonido familiar que le puso los pelos de punta. Al adentrarse por entre los árboles y vegetación florida, el sonido se había intensificado. Ulysses no lo podía creer, definitivamente debía de estar aún bajo los efectos del hongo. La imagen exacta de aquel sueño que soñó una noche no muy lejana se desplazaba ante él. Una gruesa y rica selva lo rodeaba. El ruido intenso que escuchaba desde la ciudad era la combinación de una selva entera moviéndose y creciendo con el sonido de animales que lo rodeaban por todos lados. Animales que pensaba que estaban extintos, que solo veía en los textos de historia del mundo en una selva que pensaba que ya no existía. Ulysses pensó en montarse en su aerotabla de nuevo pero esta había desaparecido de debajo de su brazo. Tenía que estar en un sueño. Por entre los inmensos árboles que le rodeaban se filtraba el color del alba plasmado en un cielo que jamás pensó que iba a tener la oportunidad de ver. El rocío de la mañana se posaba en las plantas con sus hojas gigantes. Ulysses respiró profundo, como nunca antes en su vida había respirado. Sintió vida nueva llenar sus pulmones, era como si no hubiera nacido hasta ese momento. Cuando miró hacia el suelo para ver sus pasos y no tropezarse con algo, notó que en sus pantorrillas se habían completado los dos símbolos como los que tenía en la palma de sus manos, en sus hombros, en su pecho y en su nuca. Ya contaban ocho símbolos marcados en su cuerpo. Si no es que ya le había salido uno extra. ¿Qué rayos estaba pasando?, pensó. Ulysses continuó caminando por aquella selva con Aquiles en su hombro. No sabía hacia dónde dirigirse, solo andaba esperando encontrarse algo que definiera su encuentro con aquel tesoro. Ulysses sintió de momento la inevitable sensación de que lo estaban observando. Pero hizo caso omiso a la premonición ya que sabía que se encontraba acompañado de muchos animales en aquella selva. Justo entonces Ulysses escuchó unos pequeños y gentiles pasos marcados por las hojas secas en el suelo acercándose a su dirección. Ulysses se detuvo y los pasos que escuchaba se detuvieron también. Luego de un momento de suspenso, Ulysses decidió avanzar un poco más y vio que a su derecha se abría otro camino entre los robustos arbustos y un poco más adelante se encontraba un plano iluminado por la luz del sol. Bajo aquel plano se encontraba una pequeña señora cuya edad era incalculable. Podría tener cualquier edad entre setenta a ciento treinta años. Era una señora de estatura muy baja, de tez morena, cabello blanco en una trenza larga, ojos rasgados, las extremidades muy pegadas al cuerpo, con muchos tatuajes, y vestía un saco de seda color crema con diseños marrones y muchos collares que parecían estar hechos de roca pulida y madera. La primera reacción de Ulysses fue sobresaltarse al encontrarse con aquella pequeña figura misteriosa en aquella selva. Ulysses quiso hablarle pero tenía tantas preguntas que no sabía ni cómo comenzar la conversación, así que balbuceó la primera pregunta que le vino a la mente.

¿Dónde estoy? - preguntó Ulysses - Este lugar no puede ser real. Tengo que estar aún bajo los efectos del hongo, quiero decir, de la droga que me dieron mis compañeros...¿Verdad? Digo, es que tengo unos compañeros que compartieron hongo conmigo para celebrar la fiesta de los Dioses, y pues era mi primera vez...esto tiene que ser un sueño.

La pequeña señora solo se le quedó mirando fijamente como esperando a que hiciera la pregunta correcta. Ulysses continuó.

¿Usted vive aquí? - la señora no contestó - ¿Usted me puede entender? Eh...

Ulysses pensó que quizás la señora podría ser sorda. Y comenzó a hacer ademanes grandes para mejor expresar sus pensamientos.

Mi-nombre-es-Ulysses - dijo acompañando con ademanes grandes - Creo-que-estoy-perdido-no-se-donde-estoy - La señora solo se quedo observando a aquella figura tan graciosamente frustrada.

Ulysses se aventuró a hacer más preguntas.

¡No-se-donde-estoy! - exclamó - ¿Me-puede-a-yu-dar? No se...ni quien soy.

Como si hubiese dicho la palabra mágica la pequeña señora le compartió una pequeña y tierna sonrisa. La señora subió un poco su mano y le señaló discretamente que la siguiera. La señora se volteó y desapareció por entre los arbustos que tenía detrás. Ulysses se debatió un momento, no sabiendo qué hacer. Volvió a pensar que lo más seguro todo aquello, por más real que le pareciera, debería ser una ilusión así que se dijo "¿Qué es lo peor que le podría pasar?". Y así Ulysses siguió a la señora por entre los arbustos.

Caminaron unos buenos treinta minutos y así Ulysses tuvo la oportunidad de ver tantos espacios hermosos dentro de la selva. Vio plantas increíbles, y animales viviendo en su hábitat natural. El comportamiento de aquellos animales era muy distinto a los animales que habitaban en la ciudad. Habían tantos colores dentro de aquella selva que le sorprendió haber visto el color verde en absoluto. Ulysses pensó que se estaban adentrando más y más al centro de la selva ya que los espacios se volvían cada vez más densos y oscuros, mientras tanto la pequeña señora caminaba frente a él segura de sí misma con pasos cortos y sigilosos. Ulysses volvió a escuchar el zumbido agudo que escuchó anteriormente antes de entrar a la selva. Justo entonces la señora abrió unos arbustos y se hizo la luz. Ulysses no podía creer lo que estaba viendo. Pensó que quizás dentro de toda aquella ilusión le estaban mostrando sus deseos más profundos. Ulysses y la pequeña señora se encontraban en la orilla de un lago gigantesco. Tan gigantesco que no se podía ver dónde terminaba. Ulysses de momento pensó que estaban en el mar, pero eso no podía ser. El mar ya no existía casi, y los mares que aún existían estaban muy lejos de la orilla de cualquier tierra. Habría que pasar por kilómetros y kilómetros de lava expuesto al espacio exterior para poder llegar a algún océano. Y definitivamente no se encontraban en el espacio exterior. Este era un mundo de sueños.

Una canoa muy grande que podía aguantar unas veinticinco personas se encontraba esperándolos en la orilla del lago y la pequeña señora se montó ligeramente sobre ella, se agachó, tomó una estaca enorme y sacó la mitad de ella por fuera de la canoa para remar. La pequeña señora se volteó y una vez más le sonrió a Ulysses y le indicó que se montara en la canoa. A pesar de las circunstancias Ulysses no podía dejar pasar aquella oportunidad, después de todo ya habían llegado hasta allí, y había soñado tanto con el mundo natural que si algo le fuera a pasar, prefería que fuera en un lugar como aquel. Así que Ulysses se montó en la canoa con Aquiles aún en su hombro. Tan pronto Ulysses se montó en la canoa, el nivel del agua subió por sí solo y su humilde remadora comenzó a empujar la canoa con la gran estaca de madera. Continuaron hacia el centro del lago. Ulysses no sabía en qué enfocar su atención, todo era tan hermoso, todo revelándose por vez primera. El agua era tan clara y tan limpia que podías ver toda la vida que circundaba debajo, todas las rocas, plantas y peces. Los bosques alrededor del gran lago eran mágicos, los sonidos que producía la vida en su interior hacían eco y su sinfonía se escuchaba a lo lejos desde dentro del lago. El aire era tan puro y fresco que acariciaba el cuerpo con tal armonía que le hacía sentir a Ulysses que estabas flotando por unos segundos. Habían muy pocas nubes en aquel cielo maravillosamente azul, tan claro y tan puro que pareciera como si alguien hubiera pintado una manta sobre él.

Abrazado por toda aquella belleza ancestral, confundido entre sensaciones, Ulysses despertó de momento al sentir un pequeño frío debajo de su asiento, algo extrañamente frío.

Ulysses no se había percatado de que la canoa en la que se encontraba se iba hundiendo poco a poco en el centro del lago, y el extraño frío que estaba sintiendo era el agua filtrándose mojando su trasero. Al notar esto Ulysses quedó petrificado de espanto. En primer lugar Ulysses no tenía idea de cómo nadar, no era como que en la ciudad y en el tiempo peculiar en que vivían habían personas enseñando a nadar. No era muy útil en aquellos tiempos. Lo más curioso de todo este evento es que la pequeña señora, segura de sí misma, sin reacción alguna al suceso, continuaba remando. Ulysses fue a gritarle a la señora, pero esta se le adelantó y lo detuvo con otro ademán certero y pacifico de su mano. Ulysses se encontró de momento completamente comprensivo sin saber por qué. No sabía si era porque estaba en "shock" y su cuerpo le estaba indicando calmarse para buscar una solución a aquella tragedia aparente, o si de verdad había hecho paz con la vida que había vivido y estaba dispuesto a aceptar su muerte en aquel preciso instante, pero le parecían muy improbables estos pensamientos. Una vez más Ulysses intentó despertar y tomar alguna acción para salvarse pero era como si estuviera en una especie de hechizo. Aquiles se movió del hombro de Ulysses y se metió por dentro de la bata de hospital que su amigo aún tenía puesta. Mientras tanto la canoa continuó hundiéndose lentamente y cuando el agua ya le llegaba a la cintura, como si algo hubiese halado a propósito del otro lado y de una vuelta súbita, la canoa se volteó bocabajo con Ulysses, Aquiles y la pequeña señora adentro. Bajo el agua. Ulysses se había aguantado a los bordes de la canoa ya que no quería perderse hundiéndose al fondo del lago y con la esperanza de que la canoa se fuera a voltear de nuevo a la superficie. Mientras Ulysses aguantaba la respiración y con los ojos bien cerrados, este se sintió seco de nuevo. Su cuerpo ya no flotaba y no sentía el frío del agua, aunque sí la temperatura había disminuido un tanto. No se encontraban en el mismo lugar. Ulysses se atrevió a abrir los ojos para tomar una mejor perspectiva de lo que estaba sucediendo y sí, aún se encontraban debajo del agua, pero en un mundo paralelo. Frente a Ulysses la pequeña señora continuaba remando la canoa. El mundo literalmente se le había ido al revés. Todo lo que se encontraba debajo de ellos hace unos momentos ahora se encontraba por encima. Podía ver el cielo azul sin nubes, el sol, los pájaros y los bosques en el mundo que se encontraba debajo de él. Las plantas, las rocas, los peces y otros animales que se encontraban flotando debajo hace un momentos ahora se encontraban sobre su cabeza flotando. Ulysses tenía toda la razón para perder el control, desmayarse o algo, pero todo era demasiado mágico como para perderse de vista. El color aguamarina con que se iluminaba todo le aseguraba a Ulysses de que definitivamente ya no se encontraba en el mundo que conocía. Quizás había muerto ya y aquella pequeña guía lo llevaba a su destino final.

Un nuevo cielo se le había abierto sobre su cabeza. El suelo rocoso que existía una vez en el fondo del lago ya no existía. Un profundo vacío que parecía el Universo entero se desplegaba a su alrededor. Mientras tanto la pequeña señora continuaba remando tranquilamente. Poco a poco una neblina misteriosa se fue apoderando de aquel extraño lugar, haciéndolo parecer el tenebroso limbo que había escuchado de lo que una vez fue la religión Católica. De repente cuatro luces centelleantes, parecidas a la luz que había seguido hacia dentro de la selva, aparecieron y cruzaron como estrellas fugaces por el cielo vacío de aquel mundo extraño y aterrizaron como a sesenta metros frente a ellos sin hacer ruido o estrago alguno. La pequeña señora cesó de remar. La canoa aún tambaleaba un poco con el ritmo de las aguas. La pequeña guía se volteó lentamente y le extendió su mano, Ulysses no entendió por un momento pero ella insistió. Ulysses precavido puso su mano sobre la mano de la señora y esta la tapo con su otra mano, haciéndole un tipo de caparazón.

La pequeña señora continuó balanceando la mano de Ulysses entre las suyas mientras murmuraba algo en un idioma antiguo que Ulysses no conocía pero que lograba entender. Era un tipo de oración. A veces la señora halaba de la mano cuando percibía resistencia de parte de Ulysses. Cuando terminó, continuó con la otra mano de Ulysses, luego con una pierna, la otra pierna, los hombros y finalmente la pequeña señora se le acercó a Ulysses y le puso una mano en el pecho y otra en la nuca. Cuando terminó su oración, con sus manos aún en el pecho y nuca de Ulysses, la pequeña señora con sus ojos rasgados miró a Ulysses fijamente a los ojos y apretó leve pero profundamente sobre su pecho, acto seguido Ulysses percibió que algo se iluminaba dentro de sí. Ulysses miró por dentro de su bata de hospital y una luz clara e intensa delineaba el símbolo que tenía en el pecho. Ulysses vio cómo los símbolos de sus manos y de sus pantorrillas tomaron luz propia también. Se miró en el reflejo del agua debajo de la canoa para confirmar que luz salía por el símbolo que se encontraba en su nuca. Todo era tan extraño. Cada minuto que pasaba en aquel lugar era más sorprendente y revelador que el anterior. ¿Porque era a él a quien le estaba pasando todo esto? Se preguntó. Ulysses siempre sintió, dentro de la extraña naturaleza del mundo en que vivía, que él no era como todo el mundo, pero aún no podía percibir como unas drogas le habían causado tantas experiencias. Nunca vuelvo a hacer drogas, pensó.

La señora mirando aún a Ulysses a los ojos y aparentemente divertida por la reacción del joven, amablemente le compartió una sonrisa cálida y le dijo en su idioma - Ya. - Y le señaló a Ulysses para que saliera de la canoa. Ulysses no entendió de nuevo. Esa pequeña señora no podía pretender que él se lanzara al agua, no sabía nadar, y si supiera nadar, ¿Hacia donde nadaría? ¿Qué pasaba si se hundía e iba cayendo infinitamente al cielo del mundo paralelo que se encontraba debajo de ellos?

Todas estas preguntas fueron de pronto interrumpidas cuando escuchó que alguien o algo lo llamaba desde donde habían aterrizado las luces, y como todo aquello debía ser una ilusión, Ulysses de momento realizó que en realidad nada realmente le podría pasar, y así Ulysses se aventuró a salir de la canoa. No podía creer lo que estaba a punto de hacer. Ulysses sacó primero su pie izquierdo fuera para probar el agua, estaba muy fría. Pero lo más que le sorprendió no fue la temperatura del agua, sino que esta comenzó a arroparse por su pie hasta llegar a su tobillo. Ulysses inclinó su peso sobre el agua y encontró estabilidad, se balanceó sobre su pie izquierdo y luego plantó su pie derecho sobre el agua. El agua arropó su pie derecho y Ulysses encontró completo balance. Estaba de pie junto a la canoa sobre el agua. La pequeña señora lo admiró desde la canoa y le hizo un gesto de afirmación con la cabeza. Con el cielo bajo sus pies, en un mundo paralelo y caminando sobre el agua no era como Ulysses pensaba terminar aquel día.

Ulysses volvió a sentir aquello que lo llamaba y cuando miró de nuevo a la señora, esta ya no estaba. Ella junto a la canoa habían desaparecido. Sintió que lo volvieron a llamar y a Ulysses no le quedó más remedio que avanzar entre las tinieblas con el miedo aún de que se fuera a hundir. Paso a paso y con Aquiles asomándose sobre su hombro, el temor crecía y cubría cada centímetro de su cuerpo. Ulysses mantuvo los ojos muy abiertos por si lograba ver algo en la oscuridad, y cuando ya quedaban unos veinte metros de llegar al lugar donde habían aterrizado aquellos destellos, entre la bruma Ulysses vio cuatro siluetas paradas en línea una al lado de la otra frente a él. La luz dentro de los símbolos tatuados en su cuerpo comenzaron a brillar ahora más que nunca. Ulysses pudo identificar la voz de una mujer llamándolo en un idioma que no conocía pero que entendía. Esta vez la voz retumbaba cerca de su oído como si aquella que lo estuviese llamando estuviera justo a su lado. Así

Ulysses continuó caminando acercándose más y más a las siluetas. Cuando quedaban unos diez metros Ulysses no se atrevió dar un paso más. Vio que a la medida que se había acercado las cuatro siluetas habían tomado una estatura enorme. Cada una ahora medía alrededor de tres metros y medio. Se escuchó un bramido muy hondo, como si fuera el gruñir de las entrañas de un enorme monstruo submarino y Ulysses no pudo más, se volteó para salir corriendo en dirección contraria y no había dado su segundo paso cuando el agua se apoderó de sus tobillos completamente y lo volteó de nuevo en dirección a las siluetas. Ulysses vio como una de las siluetas hizo un pequeño ademán con su mano y la neblina desapareció súbitamente como si hubiese sido succionada por una aspiradora. Ulysses no entendía lo que presenciaban sus ojos.

6

EL GRAN SALVADOR

No creo que existan palabras en el diccionario para describir lo que veía o lo que sentía Ulysses. Tenía la fuerte sensación de que ya había vivido aquel momento anteriormente. Todo era tan familiar y de repente le azotó el recuerdo: aquellas eran las figuras que había soñado. Ulysses intentó emitir alguna palabra pero nada salía de su boca. Se le había olvidado hasta respirar en un momento dado. Mientras tanto las grandes figuras lo miraban esperando que algo sucediera.

Las cuatro figuras altas parecían como si se hubieran sacado directamente de las historietas de superhéroes o de novelas fantásticas de ciencia ficción. Parecían humanas pero no lo eran. Además de ser muy altas, estaban muy en forma, considerando su estatura. Tenían lo que parecían ser brazos, piernas, cabeza, ojos y todas las otras partes del cuerpo que un ser humano posee pero no estaban hechos del mismo material. No era piel, no eran órganos. Cada uno estaba hecho de una materia distinta. Aquella materia del que estaban hechos estos seres extraordinarios se extendía desde su cuerpo y dimensiones para delinear la indumentaria que llevaban puesta de manera que todo lo que cubría su cuerpo estaba hecho del mismo material que su biología. Sus facciones eran muy similares, tenían los mismos ojos de esclerótica negra y pupilas del color de diamantes que parecían reflejar el Universo dentro de ellos, la forma de la boca era similar pero variaba de ser en ser y la nariz larga, pequeña y un tanto aplastada. Parecían casi cuatrillizos, de hecho no le sorprendería a Ulysses descubrir si este fuera el caso. Todos llevaban por toda su piel líneas como si fueran tatuajes, muy similares a los símbolos que Ulysses llevaba en distintas partes de su cuerpo. Los símbolos estaban tan marcados sobre la piel de cada uno de estos seres que se podía ser testigo de la vida, el mundo interior de cada una de estas figuras. Uno de los seres tenía la piel muy clara, era casi transparente, la brisa pasaba por él como si se conocieran de siempre, sus características físicas eran mucho más largas que la de los demás y tenía un aspecto muy sereno, delicado y elegante. La piel del segundo ser pasaba de rojo, a naranja, a amarillo, a morado, a negro como si fuera una lampara de lava. Su aspecto general era de puro poder, su físico era exacto pero abrumador, tenía una mirada penetrante y fija, como si nunca se equivocara, como si el Universo fuera suyo. Ulysses no estaba ni seguro si darle género a estas figuras pero el tercer ser en el que se fijó tenía un aspecto muy maternal y femenino. Al igual que el segundo ser, el color de su piel variaba y bailaba entre colores. En su caso eran distintas tonalidades de azul con verde, lo que la hacía camuflarse un tanto con el mundo en el que se encontraban al momento dentro del lago. Era muy hermosa, pero de una belleza astral, no se podía comparar con el tipo de belleza que se conocía dentro del reino humano. Un profundo amor y elegancia radiaban de ella. Abrumadora y calmante. Cuando Ulysses conectó con sus ojos, inmediatamente supo que era ella quien lo había estado llamando. Tenía una extraña sensación de haberla conocido desde siempre, pero no se atrevió decir nada. Esta ya sabía que Ulysses la había reconocido y le brindó una sonrisa. El último y definitivamente no menos importante era muy difícil de describir. Ulysses no sabía definir muy bien su sexualidad, si acaso se identificaba con alguna. Era el ser más ancho de todos. Era de un color marrón y verde muy oscuro. A pesar de que su presencia física parecía muy intimidante, fue con el cual Ulysses más simpatizó. Pudo haber sido la buena energía que irradiaba o que los colores de su piel eran sus colores favoritos. Aquel ser ancho se veía muy pesado a pesar de que no era gordo, o gorda, o gorde. Sus facciones eran anchas, todo era muy grande en su cuerpo. Sus manos parecían poder aplastar un autobús de una palmada y sus hombros que podían cargar dos ballenas azules, cada uno. Su mirada era seria, quieta y muy presente. Después de verlos a todos bien Ulysses pensó - En que embeleco me he metido esta vez.

Hubo un silencio breve, lo que a Ulysses le pareció una eternidad, hasta que el ser de colores rojizos y mirada fija le echó un vistazo a sus compañeros con impaciencia y dijo con voz de tono muy áspero - Bueno, mil años esperando ¿Y ahora nadie va a decir nada?

Ulysses no lo sabía, pero este se dirigía a su compañera de gran belleza. Esta se quería tomar su tiempo. Parecía estar un tanto abrumada por aquel encuentro. El otro ser de aspecto casi transparente suavemente le dijo al otro - Déjala que se tome su tiempo, hemos esperado mucho para este momento.

Es lo que digo - volvió a interrumpir el ser de la voz áspera - ¡Si hemos esperado tanto, vamos pues, que le hable ya! - dijo con impaciencia.

¡Ag! Por favor - dijo el ser de ancho con una voz muy profunda.

El ser de la voz áspera suspiró profundo como para calmarse y se sintió una ráfaga de calor imperante de momento por aquella atmósfera templada y el agua bajo los pies de Ulysses se calentó por un momento. Los seres se encontraban hablando aún en un idioma que Ulysses nunca había escuchado pero que entendía a la perfección. ¿Cuál era aquel idioma? La ser hermosa le echó una mirada a Ag, y volvió su mirada de nuevo a Ulysses y finalmente le dijo - Tanto tiempo - Ulysses entendió lo que decía, pero su mente no le dejaba comprender porque entendía. Ulysses sabía que no se habían visto desde hace tanto, sabía que la conocía, y si no se habían visto desde hace tanto, ¿por qué este momento de todos? Nada hizo absoluto sentido. Las preguntas se apoderaban una vez más del razonamiento y de los sentidos de Ulysses. Abrumado Ulysses sentía que estaba a punto de padecer otro episodio de su condición, pero la ser hermosa lo calmó con su suave y maternal voz:

No te tortures hijo. Ahora te explico todo - dijo suavemente - Empecemos desde el principio. Esto, no es una ilusión. Estás aquí con nosotros.

¿Y quiénes son ustedes? - preguntó Ulysses con temor.

El ser ancho echó una pequeña carcajada. La ser hermosa continuó - A eso vamos. Pero primero: ¿Acaso alguna vez te has preguntado porque puedes hacer o escuchar cosas que no puedes explicar?

Ulysses pensó que era una pregunta retórica así que no contestó. Hubo un silencio incomodo y el ser de la voz áspera se adelantó a romperlo.

¡Contesta hijo! Te hicieron una pregunta - dijo fuertemente y se sintió otra ráfaga de calor. Pero la ser hermosa lo volvió a mirar y Ag volvió a su lugar a regañadientes.

¡S-sí! - se atrevió a contestar Ulysses, y pensó en cómo podía escuchar las plantas crecer y su extraña conexión con ellas - Pero esto no podía ser a causa de habilidades propias ¿No? - preguntó Ulysses - No soy nada más que un muchacho, huérfano que he vivido en la calle toda mi vida. ¡Que ni conozco a mi familia! ¡Mi mejor amigo es un pequeño lagarto por los dioses! No tengo ni dinero casi, ni educación, ni el amor de mi vida. La única conexión que he logrado ha sido con un médico de la calle, Tío...y un poco con mis compañeros de trabajo.

Exacto - continuó la ser hermosa - Todas esas cosas te hacen diferentes a todas las personas que te rodean. Te hacen único, te hacen: el elegido.

¿El que? - preguntó desconcertado Ulysses.

El elegido. Siempre lo has sido - dijo el ser ancho - desde hace uno mil años atrás para ser exactos.

¿Mil años?!...Yo sólo tengo veintisiete - balbuceó Ulysses.

El ser ancho aclaró - Pero fuiste concebido hace mil años. Y desde ese entonces has sido el elegido por nosotros. Destinado a salvar la tierra - terminó el ser ancho con una sonrisa. Ulysses no podía responder, no entendía nada. Se echó a reír nerviosamente, era el único sentimiento que no había explorado.

Yo ni sé qué significa la palabra concebido. Cómo voy a ser "El elegido" para salvar...¿Salvar la Tierra?! - preguntó Ulysses al borde de la desesperación - ¿Y quienes son ustedes? No me han respondido la pregunta. ¿Quienes son ustedes para elegirme a mí?? - volvió a preguntar Ulysses, de momento le chocó el hecho de que había estado hablando en aquel idioma extraño y no en su idioma portugués - ¿Y que rayos hago hablando en este idioma?! - Los seres se miraron los unos a los otros y luego volvieron su mirada una vez más hacia Ulysses. Ag, el ser impaciente de la voz áspera tomó aliento y dijo - Somos los compositores de este planeta que llamas Tierra. Lo que ha hecho que gire desde el principio de sus tiempos. Somos la ciencia, el arte y todo lo que se ha inspirado de ellas, para ellas y por ellas. Los humanos nos llaman dioses, pero en lo personal me gusta ver las cosas desde un punto de vista más sobrio y simplemente decir que somos los fundadores de la vida, o lo que conocen los humanos como "los elementos".

Al parecer hubo un error en el sistema mental de Ulysses, no tuvo reacción alguna, solo se quedó mirándolos sin parpadear, con la boca entreabierta, petrificado con sus manos suspendidas a mitad de su cuerpo. Luego de un momento de silencio incomodo, el cual hacía parecer que Ulysses había perdido el conocimiento de todo, de repente Ulysses quebró a carcajadas. Era como si todo le hiciera sentido de momento. Pero no -

Me quieren decir a mí, que ustedes - dijo Ulysses - Uno, dos, tres, cuatro - dijo mientras los contaba de izquierda a derecha - "Los cuatro elementos" se me aparecen para decirme que yo "Ulysses" soy "El elegido"...¿Para salvar el planeta tierra?? - dijo sarcásticamente mientras reía aún.

Esto es increíble - dijo Ulysses a carcajadas - Wow, ese hongo que me dieron verdaderamente es fuerte - se dijo a sí mismo - Increíble. ¡Jaja! ¡Wow! - Ulysses continuó riendo y hablando a la vez, se encontraba en una especie de eterno frenesí. Los seres se miraron una vez más y se dijeron - ¿El tratamiento? Sí, el tratamiento - Y la ser hermosa de azul abrió su mano y le dijo a Ulysses - No tienes nada que temer - Pero Ulysses una vez más no escuchó porque estaba muy entretenido haciendo sentido de esa realidad dentro de su propia comedia. De repente el ser de azul cerró su mano y el agua que sostenía a Ulysses sobre el agua lo soltó y este se sumergió al instante.

¡AH!!!- fue lo último que se escuchó de Ulysses.

Ulysses caía, pero no sabía hacia qué dirección. Solo sentía que su cuerpo flotaba favoreciendo la gravedad. Por más que Ulysses intentaba encontrar su punto de referencia no lo lograba. Su cuerpo giraba en todas direcciones, sentía que mientras más caía más violento y más frío se hacía el viento, hasta que poco a poco su cuerpo se fue estabilizando en el aire por las fuerzas de las corrientes. Mientras esto sucedía Ulysses buscó desesperadamente un punto de referencia hasta que lo logró y se dio cuenta que el lago, la tierra, el suelo se iban alejando más y más. Entonces todo le hizo sentido, estaba cayendo en dirección al cielo. De camino se encontró con una nube la que atravesó no estando seguro si habría vuelta atrás. La humedad de la nube lo ensopó pero esto poco importó al llegar al otro lado. Su cuerpo se iba deteniendo, la rapidez con la que iba cayendo disminuía, hasta que llegó a un punto y quedó suspendido sobre un cielo lleno de nubes. La belleza de aquella vista lo deslumbró. ¿Cómo podía existir tanta belleza? ¿Porque nunca había tenido la oportunidad de ver todo aquello? Cuando esta última pregunta se le asomó a la conciencia, flotando no tan lejos de Ulysses y en pura gloria se encontraba aquel ser casi transparente de la voz de susurro. Este miró a Ulysses a los ojos y realizó un movimiento con las manos que Ulysses se encontró imitando. Era como si aquel movimiento conjurara todos los aires del Universo ya que de momento unas fuertes corrientes los llevaron a ambos volando paralelos por entre las nubes, encima de ellas y por debajo viendo desde lo alto un planeta verde y rico en vegetación. Aquel ser elegante se le acercó en el aire y le dijo - Mi nombre es Anna o lo que los humanos llaman Aire. Y soy el hermano de tu madre.

¿Anna? - repitió Ulysses - ¿De mi madre?! - preguntó Ulysses incrédulo. Anna le sonrió y antes de explicarle Anna dejó caer a Ulysses y este se encontraba, una vez más, cayendo por los aires. Pero esta vez por lo menos sabía hacia dónde se dirigía: directo al suelo. Ulysses no sabía si Anna lo iría a detener. El suelo se acercaba con gran rapidez, era muy difícil para Ulysses continuar admirando la belleza del paisaje mientras que el pensamiento de quedar aplastado en mil pedazos en el suelo le abrumaba la mente. Quizás los grandes árboles del bosque que se encontraba debajo le ayudarían a amortiguar su caída, pero aún así no parecía muy conveniente. Ulysses chocó con algunas ramas y justo cuando estaba a punto de encontrar su destino final Ulysses cerró los ojos y no sintió nada. Su cuerpo se había detenido bruscamente, pero aún respiraba, abrió los ojos y vio cómo estaba a una pulgada del suelo flotando sobre ella. Se comenzó a reír nerviosamente cuando de momento la tierra se abrió en un cráter gigante y Ulysses continuó cayendo - ¡AHH!! - Ulysses gritaba mientras caía, y más aun cuando vio que el cráter se había cerrado sobre él mientras caía en total oscuridad. Un fuerte olor a tierra se hacía cada vez más aparente y unas luces de color amarillo, morado y verde comenzaron a brillar a su lado.

¿Por qué me está pasando esto a mí?! - gritó Ulysses.

Te diré porque - el ser robusto se le había aparecido al lado asustando a Ulysses mientras ambos caían - Pero primero tomemos esta salida.

De momento un agujero se abrió por donde cruzaron a toda velocidad. Era un gran túnel de tierra que daba vueltas en todas direcciones.

¡Es como una chorrera! - dijo el ser - ¡Alza las manos Ulysses! - Decía mientras reía. De momento el túnel de tierra se abrió y le dejó ver a Ulysses un gran espacio que parecía una gran mina donde habían grandes piedras preciosas que con su brillante color iluminaban el espacio subterráneo entre muchos otros colores. Ulysses también pudo ver las raíces de miles de árboles creciendo por dentro. Era maravilloso ver la tierra, ver la vida desde el interior. La chorrera de tierra terminó lanzando a Ulysses de nuevo al vacío hasta aterrizar en un puente de piedra sobre un abismo del cual no se veía su fin. El ser robusto se presentó al igual que Anna. Del otro lado del puente salió caminando pesadamente en dirección a Ulysses, lo miró directo a los ojos y le dijo - Mi nombre es Kia, o Tierra, y soy tu tío...o tía. Como quieras en realidad - Ulysses estaba exaltado pero a la vez un poco mareado y agotado.

Muy bien - dijo Ulysses aguantándose la cabeza - Son maravillosos y todo, pero...¿Habrá alguna manera de que el próximo no me lleve volando por los aires? Es un poco desconcertador -

Justo en ese momento sintió un calor que venía de las oscuridades debajo del puente de piedra. Ulysses echó un vistazo y vio muy al fondo una gran brillante luz roja que se acercaba con gran velocidad.

Kia miró a Ulysses y le dijo - Demasiado tarde chiquillo. Es todo parte del tratamiento.

De repente un dragón de fuego impactó al puente de piedra por debajo y se llevó a Ulysses en su lomo ascendiendo a toda velocidad. A Ulysses no le quedó más que agarrarse del lomo de aquel dragón. Iban a estrellarse contra una pared de tierra que les esperaba más adelante, Ulysses cerró los ojos esperando una vez más recibir el impacto, pero no sintió nada. Cuando Ulysses volvió a abrir los ojos estaban al otro lado saliendo de la boca de un volcán. Agarrado fuertemente al dragón de fuego Ulysses se atrevió mirar hacia abajo. El dragón al que estaba sujetado desapareció, y en su lugar estaba Ag, el ser impaciente de la voz áspera que lo miró con sus ojos negros y secamente le dijo - Ya sabes mi nombre y me imagino que ya sabes lo que significa - Como si Ulysses no estuviera convencido, Ag alzó sus brazos para invocar toda la lava que se encontraba debajo de ellos. Un sonido de explosión intenso se apoderó del espacio y la lava subió disparada como un petardo formando aros alrededor de ellos infinitamente desapareciendo por el cielo. Ulysses miró hacia el suelo una vez más y se sorprendió que no quedaba lava, en la boca del volcán quedaba un hueco, y en el fondo había agua. Ulysses se preparó para comenzar a caer de nuevo, pero Ag volvió a tomar la forma de aquel dragón gigante de fuego - Ah...y soy tu tío - Acto seguido Ag se llevó a Ulysses hoyo abajo perforando el agua con mucha fuerza. Ulysses sintió el zambullido refrescante y la templada temperatura que lo rodeaba. Ulysses sintió que flotaba por un segundo, se atrevió a abrir los ojos y vio como la corriente del agua se lo llevaba por un inmenso río. Esta vez estaba solo, o eso creía. Ulysses no pudo agarrarse a nada, la corriente que se lo llevaba era muy fuerte. A lo lejos se pudo percatar de una espuma que volaba por los aires, el agua se volvía más turbulenta, y para su horror, Ulysses vio cómo se dirigía a gran velocidad al final de una catarata. Ulysses intentó agarrarse a algo, pero una vez más no fue exitoso.

¿Acaso nadie se me va a aparecer ahora para presentarse?! - preguntó a gritos Ulysses a ver si algo sucedía. Pero nada ocurrió. Iba a caer por la catarata y no había nada que lo pudiera impedir. Sintió el frío del viento de aquel gran cuerpo de agua y se dejó arrastrar.

Quizás sí estaba aún bajo los efectos de las drogas - pensó Ulysses. Después de todo, esta caída lo iría a determinar. Ulysses cayó. Era una caída acaparadora, pero inesperadamente placentera, desde lo alto volvió a ver todo lo hermoso de aquel planeta nunca antes visto por sus ojos. Iba violentamente a favor de la gravedad. Pero la caída le resultó más larga de lo que sentía que debía ser. Un recuerdo le vino a la mente de momento ¡SPLASH! Cayó dentro del agua y el contacto directo lo noqueó de una. Sus sentidos se iban, no sentía que flotaba y del azul oscuro todo se volvía negro. ¿Como había llegado hasta allí? ¿Acaso aún estaba en un sueño? ¿O un efecto del hongo que le provocó toda esa grandiosa ilusión? ¿Acaso fue herido en vida real? ¿Quizás se encontraba en el hospital aún? Ulysses de momento sintió que alguien lo jalo, dándole una vuelta y poniéndolo de pie de nuevo. Ulysses flotaba, su cabello bailando con el agua. La falta de gravedad lo relajaba. Ulysses abrió los ojos y se sintió como nuevo. El ser azul marcó un ritmo con sus manos e hizo que el agua toda alrededor se drenara. Se encontraban de nuevo en el principio. A Ulysses le tomó un segundo para reconocer todo a su alrededor, pero tan pronto su conocimiento le alcanzó, se sentía en casa. Los cuatro seres magníficos de pie frente a él. Ulysses sentía la nueva sensación que ya los conocía muy bien.

Pero uno de ellos aún no se había presentado, al menos no formalmente. Estaba Anna, Kia, Ag y -

Badur - dijo Ulysses mirando fijamente a la ser hermosa que aún no se había presentado - Y eres mi madre.

Badur lo miró complacida y le respondió - Así es...o como le dicen los seres humanos: Agua.

Ulysses se sintió muy conmovido. Estaba tan sorprendido, no tan solo por lo que acababa de experimentar, Ulysses sentía que había despertado al fin. Tanta claridad se apoderó de su alma. Pero todo ese tiempo que se había sentido solo, como un alienígena en un mundo extraño, sin esperanza alguna de poder hacer conexión con nadie a su alrededor. El sentimiento se apoderó de Ulysses, y las lágrimas le corrieron por su rostro inesperadamente. Todo su cuerpo temblaba. El mundo a su alrededor comenzó a tambalearse, como si un huracán y maremoto fueran a tomar evento a la vez en su corazón. Ulysses lloraba porque recordaba, no sabía si lloraba de felicidad o de tristeza, pero lloraba. El sentimiento lo atacaba y no sabía por dónde comenzar a comprenderlo. Su estado de fragilidad inspiró compasión en los Dioses. Como consuelo Badur le hizo una seña a Anna y este con otro ademán de su mano produjo un poco de aire que suavemente levantó el rostro a Ulysses. Ulysses sintió el aire corriendo por su cuerpo y separó su cara de sus manos para poder ver lo que le estaba sucediendo. Desde la distancia y con otro gesto, Anna delicadamente le borró las lágrimas de los ojos a Ulysses.

Después de un momento este logró calmarse y cuando había hecho contacto visual nuevamente con Badur ella continuó -

Entiendo como te sientes - dijo - Todos nosotros lo entendemos - dijo Badur mientras hacía referencia a los demás - Hubo una vez que pasamos mucho tiempo solos. Pero eventualmente descubrimos, como tú en este momento, que nunca lo estuvimos.

¿Cómo no? - la interrumpió Ulysses - ¿No recuerdo yo haber vivido en las calles, buscar de comer en la basura y trabajar desde muy pequeño para poder sobrevivir? ¡Yo nunca los vi a mi lado!

Pero siempre estuvimos ahí - dijo Badur dulcemente.

¿Cuando entonces?! - exclamó Ulysses.

¿Recuerdas tu pequeño amigo fiel Aquiles? - dijo Kia.

¡Aquiles! - dijo Ulysses recordando de momento a su pequeño amigo - ¿Dónde está? ¡Oh no! ¡Aquiles! - llamó Ulysses buscando a su amigo.

¡Tranquilo! - lo calmó Kia con su fuerte voz - Está aquí.

Aquiles apareció en el hombro gigante de Kia.

Y Aquiles verdaderamente soy yo - dijo Kia con una sonrisa.

Te recuerdas cuando te recuperabas rápidamente de tus episodios. Ese era yo - dijo Anna.

Los Dioses miraron a Ag. Y este exhaló y dijo tímidamente: Y yo soy Tío.

Ulysses no entendió por un momento - ¿El médico?! - exclamó Ulysses sorprendido.

¡Sí, el médico! Niño estas sordo...¿O que? - dijo Ag impacientemente.

El médico siempre había estado ahí para Ulysses cuando más lo necesitaba. Todos estuvieron ahí sin Ulysses tan siquiera saberlo. Pero aun así, faltaba alguien.

Entonces...¿Dónde estabas tú? - le preguntó Ulysses a Badur.

¿Recuerdas el árbol donde viviste tus primeros años y que sigues visitando siempre? - le preguntó Badur - Esa soy yo.

Ulysses siempre había tenido a su familia protegiéndolo. Pero si esa era su familia y ellos eran dioses, o la encarnación de los elementos:

Entonces eso me hace a mi...- dijo Ulysses.

Un dios - dijo Badur y Ulysses tomó un momento para procesar esto.

Uno nuevo, para ser más exactos - aclaró Kia - Veras, tienes parte y habilidades de otros dioses, o elementos. Como les quieras llamar - dijo.

Ag no se veía muy contento cuando Kia mencionó esto.

¿Por eso puedo escuchar a las plantas crecer? - preguntó Ulysses sobresaltado. Todo le estaba haciendo sentido finalmente - ¿Qué más puedo hacer? - preguntó Ulysses comenzando a emocionarse.

Muchas cosas - dijo Badur - Para eso te vamos a entrenar.

¿A entrenar? ¿A mí?! - preguntó Ulysses sorprendido. Era increíble que hace un momento no podía ni hablar de la sorpresa ante los hechos - ¿Como una especie de Superhéroe?? - preguntó Ulysses.

Es importante que tomes esto seriamente niño - interrumpió Ag secamente y Ulysses quedó petrificado - Esto no es un juego. Lo que queda de la raza humana se encuentra ante un peligro inminente. La extinción definitiva. Le hemos dado incansables oportunidades para que se rediman. La gran catástrofe fue la última advertencia. Ya saben de lo que somos capaces y aun así los humanos se han dedicado a crear una vida más y más artificial. Así que si crees que esto es una gran aventura, estás muy equivocado. Los seres humanos han rondado este planeta por billones de años, y su futuro queda en tus manos. Por eso te hemos llamado ante nosotros. Por eso has despertado de esa gran tragedia que le atreven llamar vida. Por aquellos seres humanos que sí han hecho el esfuerzo, por aquellos que sí son inocentes, por aquellos que sí quieren vivir con dignidad - Se notaba que era un tema muy sensible para Ag. Así que Ulysses hizo silencio. No quería hablar más sobre ello, pero utilizó aquella oportunidad para desahogarse.

A pesar de que se puede tener un poco de más tacto - continuó Badur refiriéndose a Ag - Ag está en lo correcto. Un peligro inminente amenaza a los seres humanos en este mismo instante. ¿Conoces de la existencia del grupo élite que se hace conocer como 'WEALTH'? - le preguntó Badur a Ulysses y este asintió con la cabeza, después del desahogo de Ag, Ulysses no se atrevía a interrumpir - Alrededor del mundo, este grupo ha estado planificando un ataque con el fin de exterminar todo aquel ser humano que no pertenezca a su grupo. Planifican crear una clase enteramente conformada de WEALTH alrededor del mundo. El ataque será gradual e individual entre las ciudades. Es decir, no todas las comunidades serán atacadas de la misma forma y a la misma vez. Dicho esto, una de las primeras comunidades en ser afectadas, será en la que vives en este momento - dijo Badur - Y ya han realizado su primera movida - agregó.

¿Co-como?? - balbuceó Ulysses.

Badur continuó - En el primer día de lo que los humanos celebran en nuestro honor como el Festival de los dioses, los WEALTH utilizarán una tecnología que desarrollaron para inyectar un virus en masa a través de las luces que se proyectan a lo largo del festival - explicó Badur - Lo van a continuar haciendo durante los próximos dos días - Ulysses quedó estupefacto, él había atendido a ese festival, sus compañeros de trabajo estaban en ese festival, la ciudad entera estaba en ese festival.

¿Eso quiere decir que yo también estoy infectado por el... virus? - preguntó Ulysses preocupado.

No - contestó Kia - ¿Recuerdas la famosa droga que tus nuevos amigos compartieron contigo? - Ulysses asintió un poco ruborizado - No tienes porqué sentirte avergonzado chiquillo, es natural. ¡Ese hongo contiene el antídoto! - dijo Kia con una carcajada - Aunque tú no lo necesitabas, siendo uno de nosotros.

¿Eso quiere decir que mis amigos estarán bien? - preguntó Ulysses y sintió una extraña sensación de gozo al poder decir que tenía amigos.

¡Así es! - contestó Kia.

Pero entonces ¿Por qué no administrar este antídoto en masas? - preguntó Ulysses.

Porque tendrías que proveerlo tú. Y aún no estás preparado para enfrentar este gran poder - respondió Anna - Otra razón es que los seres humanos tendrán que querer salvarse ellos mismos. Como dijo Ag, esta es su última oportunidad. Van a tener que encontrar la fuerza de voluntad para levantarse como comunidad y salvar a su especie. Para esto es muy importante que no haya intervención de nosotros, al menos no directa. O si no seríamos nosotros los que tendríamos que responder a poderes más grandes - aclaró Anna - Cuando los humanos se den cuenta que el poder está en todos y no en unos cuantos, ahí está la salvación.

¿Pero cómo lo harán si su fuerza de voluntad se encuentra comprometida? - preguntó Ulysses.

Aquí es donde entras tú - dijo Badur orgullosamente - Debes servir como el más alto símbolo para ellos. Debes ser la inspiración del movimiento. Y para eso - dijo Badur volviéndose hacia Ag - Para eso hay que entrenar a un Superhéroe.

Estas últimas palabras resonaron profundamente en Ulysses. Sintió un fervor que le pulsaba del corazón hacia todas sus extremidades. Él, un superhéroe. De no tener casi vida a de momento descubrir que eres parte de un movimiento para salvar la humanidad. Era un buen día. Pero recordó un detalle peculiar sobre sí mismo, su condición de sangre. ¿Cómo iría a salvar el mundo padeciendo aquella condición?

Tengo una pregunta - dijo Ulysses - ¿Cómo un dios va a tener una condición como la mía? - preguntó tímidamente.

Anna sonrió y le contestó - Tienes aún cuerpo de humano, pero a lo que concierne tu interior, no se supone ni que estés respirando el tipo de oxígeno que tienes disponible en la atmósfera artificial que han creado los seres humanos. Esto ha causado que desarrolles esta condición y que puedas sufrir otras limitaciones - explicó Anna - con el entrenamiento todo eso cambiará. Veremos a donde llegan tus límites verdaderamente. Porque hasta los dioses tienen límites sabes.

Quisiera descubrir ya mis habilidades - dijo Ulysses - ¿Controlar aire? ¿El agua? ¿Causar terremotos? Oh... ¿Lanzar fuego por la boca? - continuó con entusiasmo creciente.

Nada de eso - dijo Ag - Te lo puedo asegurar.

Para eso es el entrenamiento hijo - dijo Badur - Vamos a descubrir todo de lo que verdaderamente eres capaz de hacer. Aunque ya tenemos una idea.

Ya toda timidez parecía haberse diluido de Ulysses y su personalidad junto con sus esperanzas volaban libremente por los aires - ¿Entonces cuando comenzamos? - preguntó Ulysses. Badur lo miró con ternura y le contestó - Que bueno que lo preguntas.

7

LOS WEALTH

La estructura más alta del mundo había dejado de ser el Burj Khalifa desde hace mucho tiempo ya, hace mil años para ser exactos. Lamentablemente esta no había sobrevivido la gran catástrofe. Aun así servía como modelo, como precursor, como piedra angular o símbolo arquitectónico de una vida exclusiva, codiciada por aquellos que simplemente creían ser merecedores de ella. La vida de los WEALTH solo se podía comparar con la de sus versiones paralelas en otros países. En ese momento en Río de Janeiro, por ejemplo, se encontraba el tercer edificio más grande del mundo. Allá, por encima de todo edificio habitaban cómoda y libremente la clase WEALTH brasileña en plena expresión de avaricia. Su líder había reunido a su tan allegada comunidad en 'La Plaza Altar' en el centro de aquella ciudad aérea con el propósito de compartir sus planes para al fin llegar a poseer el tan deseado premio de ser la ciudad con el rascacielos más alto del mundo. Era un premio codiciado también por la mayoría de las demás sociedades WEALTH. La ciudad que había mantenido el primer lugar era Nueva York, y así lo había asegurado por los últimos quinientos años. Cómo llegaron a conseguirlo, ese es un cuento para otro día.

Hoy les puedo asegurar mis, hermanos y hermanas - decía con esfuerzo a un altoparlante el líder - ¡Que ya nuestro grandioso plan va de camino al éxito! - el público se alzó en vítores - Todos los preparativos se están llevando a cabo en este instante para al fin conseguir aquella victoria tan deseada: ¡Ser la sociedad más elevada del mundo! - el público irrumpió en aplausos mientras el líder miraba a la distancia, orgulloso de sí, recopilando sus pensamientos. Este era el líder: tenía ojos gordos, una cara redonda y de un tono casi naranja. Casi siempre se veía incómodo, siempre estaba un tanto sudado y parecía que le apestaba algo o que tenía algo caliente en la boca. Era alto, regordete, con un pelo castaño que parecía de mentira. Sonreía falsamente pero quizás esto era lo que le apelaba tanto a su público, ya que todo era falso allí. En la comunidad de los WEALTH no poseían espacios verdes, animales o ni tan siquiera pájaros volando sobre ellos libremente. Los animales estaban prohibidos allí. Consideraban que eso era solo cosas comunes de la otra mitad de la sociedad con la que nunca se relacionaban.

¡Hoy les prometo! - continuó el líder - Que antes de que se acabe este año tendremos la ciudad más elevada. Todas aquellas comunidades son las que tendrán que visitarnos a nosotros. ¡Y les demostraremos lo que verdaderamente es ser un WEALTH! - aplausos - Sé que hemos permanecido en el tercer lugar por mucho tiempo. ¡Pero ya no más! ¡Ya no más digo! - gritos y vítores - ¡Es por eso que quiero anunciarles que desde el día de mañana, tan pronto como mañana! ¡Estaremos comenzando la construcción de nuestra gran estructura magnífica que llegará hasta el tope de la BOPUL! - mientras dijo esto el líder hizo un ademán para que sus asistentes descubran un inmenso rótulo donde tiene ilustrado detalladamente la imagen del gran edificio a construirse - Añadiremos grandeza sobre grandeza. Inventaremos una nueva forma de ser lo máximo. Quizás hasta tengan que inventar una nueva palabra para describirnos - el público rió emocionado - ¡Muchas gracias mi querida comunidad! ¡Gen puro! - El público le devolvió el llamado diciendo en voz alta - ¡Vida pura!

¡Muchas gracias! - dijo finalmente el líder despidiéndose de su público mientras estos le despedían entre gritos y vítores. Los asistentes de la guardia escoltaron al líder por la parte de atrás de la masa de gente de camino a su carro.

Es el mejor líder que hemos tenido desde hace mucho - decía una fanática joven mientras desde la esquina la observaba con desdén un hombre de unos casi sesenta años. Parecía el más pobre de todos en aquella comunidad de gente pudiente. Pero en realidad no lo era. Manuel era simple, no tenía guerra con nadie, tan solo con todo el mundo, en especial con todos aquellos que creían tan fervientemente en aquel supuesto líder. Era duro, callado y se mantenía para sí mismo casi siempre. No tenía nadie quien lo acompañase, pero su presencia inspiraba que quien tuviera mejor sentido de lo que sucedía realmente lo seguiría hasta el final. Pero allí nadie sabía, y peor aún nadie quería saber lo que realmente sucedía. Por eso Manuel se encontraba solo en todos lados. Era una de los pocos individuos en la historia de los WEALTH que sí había bajado a tener contacto por sí solo con la otra mitad de la sociedad aparte de la guardia. La única razón por la que no se había quedado con la otra mitad fue porque se prometió, o más bien prometió que trabajaría incansablemente para restaurar un balance entre las dos sociedades. A pesar de las restricciones Manuel tenía dos pájaros en su hogar. Los hogares de la comunidad WEALTH tenían mucho más espacio que la otra mitad que vivía debajo de ellos. La comunidad WEALTH gozaban de la oportunidad de tener casas grandes que flotaban en vecindarios voladores.

Manuel una vez fue un miembro muy alto del gobierno y por esto tenía su propio territorio donde mantenía su casa apartada de cualquier otra vecindad WEALTH. Tenía su propio "terreno", si es así que se le puede llamar. Era mejor de esta manera, cualquier cosa que Manuel decía o hacía solía incomodar a los demás miembros de su sociedad, siempre escogía exponer la verdad cuando tenía la oportunidad, no andaba con mucho subterfugio cosa que no era muy popular entre la sociedad WEALTH. Como había "servido" a su comunidad, por eso no había terminado "desaparecido" como solían justificar los oficiales de gobierno ante los casos de aquellas mentes jóvenes que se atrevían a levantar preguntas contra los ideales por los que aquella comunidad tan altiva había sido fundada. A Manuel le gustaba tener su casa llena de plantas como a los de la otra mitad de la sociedad.

Mientras se encontraba en su patio delantero regando las plantas, una pequeña caravana de carros oscuros sin logos se detuvo justo al frente de su verja. Manuel ya sabía de qué se trataba. El carro que iba en medio de la pequeña caravana bajó su ventana trasera, era el líder con su cara redonda aun sudada.

¿Regando las plantas como de costumbre viejo amigo? - dijo el líder intentando romper el hielo. Manuel lo miró con la misma cara de desdén que observaba a la fanática que aplaudía al líder durante la presentación del Proyecto Altar.

No - respondió Manuel - Estoy salvando lo que queda de vida de las garras de los opresores - dijo sarcásticamente. Verán, era obligatorio responderle al líder cuando te hablaba, pero como Manuel no sentía simpatía alguna hacia este, respondía, pero de la manera que quería. Era el único que hacía esto. Nadie más en aquella comunidad se atrevía a expresar ningún sentimiento relativamente negativo en contra del líder. Además de haber servido como miembro del gobierno, lo que hacía a Manuel tan indispensable como para no ser "retirado" era que él, como individuo, representaba el balance saludable dentro de aquella comunidad, y el líder lo sabía. Sabía que si cien por ciento de su comunidad confiaba y estaba de acuerdo con todo lo que decía era muy probable que tanto éxito le causara un desajuste letal dentro de su sistema. Por esto necesitaba a Manuel que fuera públicamente descortés con él. Le daba un toque de mártir a su imagen. Por esto tampoco era capaz de dejarlo tranquilo, siempre invitaba a Manuel a todo evento oficial y esperaba que estuviera allí. Manuel no tenía de otra que atender, a pesar de que conocía que lo necesitaban allí, no quería arriesgar ser desaparecido o desterrado. Primero: Manuel estaba relacionado con la otra mitad de la sociedad, aunque no tanto como para adentrarse a su comunidad a su edad y segundo, y más importante, el líder había acogido a su hijo bajo la impresión de que era una oportunidad para desarrollarlo en un gran oficial algún día. Cuando se trataba de su familia Manuel era muy protector. No quería que desaparecieran a su hijo como lo habían hecho con su esposa.

¿Qué te pareció la presentación de hoy? - le preguntó el líder a Manuel mientras éste continuaba regando sus plantas.

Manuel se limitó a escupir en el piso y responder - Siempre sabes lo que pienso.

El líder se echó una carcajada y le dijo a Manuel - Por eso tu y yo nos llevamos tan bien. Tu nunca me mentirías. ¿Verdad que no?

Manuel miró al líder fijamente a los ojos con desprecio y se volteó para volver a entrar a su hogar, pero el líder se adelantó al llamarlo con una invitación.

Te quisiera extender una invitación a la celebración de mi presentación exitosa en el día de hoy - le dijo el líder a Manuel.

¿Una celebración para tu presentación? - preguntó incrédulo Manuel - Tu vanidad no cesa de conocer límites, ni deja de sorprenderme - habiendo dicho esto, Manuel se volteó una vez más hacia su hogar y continuó su camino.

Móntate en el carro Manuel - dijo el líder abriendo la puerta.

Por más que detestaba respirar el mismo aire que el líder, Manuel solo pensó en su hijo. Dio unos pasos más, colocó el regador de plantas en el balcón de su hogar, se volteó de nuevo, respiró hondo y caminó hacia el carro. Los asistentes le abrieron la puerta y Manuel se montó en el carro. No era la primera vez que el líder lo invitaba a una celebración de aquella naturaleza. Una vez en el carro, Manuel intentó hacer el menor contacto visual con el líder. Solo mantenía en su mente el hecho de que iba a poder ver a su hijo. Era lo único que le importaba. Llevaba casi seis meses sin haberlo visto. Manuel temía en quien su hijo se estaba convirtiendo. Acababa de cumplir sus dieciocho años y su "aprendizaje" estaba pronto por terminar. Solo entonces el líder le iba a conceder al hijo de Manuel la libertad de tomar el camino que quisiera, si volver con su padre o si quedarse para seguir creciendo bajo el régimen y control del líder. Aunque la última vez que lo vio hace seis meses Manuel sintió la gran influencia que el líder y su familia habían tenido sobre su hijo, Manuel aún tenía la esperanza de que las verdaderas virtudes de su hijo que poseía antes de que fuera "adoptado" aún siguieran intactas.

¿Por qué no me hablas? - preguntó el líder interrumpiendo la línea de pensamiento de Manuel - Cualquiera diría que estás molesto conmigo por algo - el líder se echó otra carcajada. Reír y sudar eran características fuertes del líder. Las carreteras de la sociedad WEALTH eran lisas hechas de una materia cristalina por donde los carros se deslizaban con gran velocidad, precisión y elegancia a su destino. Al fin llegaron al castillo del líder. No era muy largo el camino que debían recorrer, pero a Manuel le pareció una eternidad.

Impresionante es poco para describir la grandeza del castillo donde vivía el líder en aquella sociedad elevada. Era inmenso, aunque no era particularmente bonito. Al parecer el líder o no simpatizaba mucho con los colores o quería mantener un estatus neutral, ya que por fuera, el castillo era de un tono gris claro que cubría todo. Las columnas, las torres, las tejadas no tenían diseño, parecían hechas por un videojuego, cuadradas, solo cumpliendo su función. Los patios que rodeaban ese gran castillo, eran de mentira, tenía una especie de holograma para hacer parecer que era grama cortada a su alrededor de aquel inmenso hogar, pero la base era metal puro. Manuel se preguntó si el tamaño y la fealdad de aquel hogar eran reflejo de las inseguridades del líder. Pasaron el gran portón de seguridad y los espacios inmensos de los patios que rodeaban el castillo hasta llegar a la puerta principal. Los asistentes le abrieron la puerta a ambos. Manuel se bajó del carro primero, luego el líder. Se dirigieron hacia adentro, el líder nunca dejando a su invitado fuera de vista.

Pedí que hicieran ciertas remodelaciones a esta entrada. Mandé a buscar la puerta a París - dijo el líder muy orgulloso - Me costó mucho dinero mandarla a buscar. Tanto que pude haber arreglado un distrito entero en la ciudad con ese dinero - dijo el líder todo feliz y sudado. Manuel respiró hondo e intentó recordarse del porque estaba allí. Sabía que no iba a ser fácil, el líder lo conocía desde hacía tanto tiempo que conocía bien como irritarlo. El castillo en su interior era algo completamente distinto a su exterior. Era como si dos reyes hubieran vomitado todas sus fantasías de vanidad dentro de un espacio. Todos los lienzos y bordes estaban hechos de oro. Habían alfombras decoradas que cubrían todo el suelo, pinturas gigantescas de los líderes anteriores y candelabros gigantes de diamantes. El techo tenía una capa de cristal cubriendo una pieza de pintura gigante que lo cubría todo. La pieza, como un acto bíblico, recitaba la historia de la familia de el líder. Todas las paredes tenían un papel tapiz lleno de decoraciones complejas. Cada cuarto tenía un tema con patrones y colores distintos. En las esquinas de cada habitación habían esculturas de dioses de la mitología griega, armarios de cristal y oro con pequeñas piezas de porcelana y otros pequeños artefactos que eran muy difíciles de conseguir luego de la gran catástrofe, pero la gota que colmó la copa fue el esqueleto completo y montado que tenía de un tiranosaurio.

Como puedes ver, mantengo toda la riqueza adentro, cerca de mí, para que solo yo y los míos la podamos admirar, así no causó sospechas entre la comunidad. ¿Entiendes, no? - dijo el líder mientras caminaban entre los cuartos. Pasaron del vestíbulo al cuarto de recepción, del cuarto de recepción a la sala de té, de la sala de té por el cuarto de huéspedes y finalmente pasaron por un pasillo largo donde al final había una puerta negra sólida de metal. Los asistentes abrieron la puerta y allí ya estaban esperándolos: la familia principal WEALTH de Brasil.

Manuel nunca los había visto reunidos a todos en una sola habitación. Quizás esta sí era una ocasión especial, pensó Manuel. Disimulada pero ansiosamente Manuel buscó a su hijo con la mirada entre los allí presentes, pero no lo vio.

Debe estar en su última lección del día - le dijo el líder a Manuel como si hubiese leído sus pensamientos. Manuel ni siquiera se inmuto a mirar al líder. La familia WEALTH tan pronto se percató de la presencia de ambos allí en la gran habitación, irrumpieron en un aplauso fervoroso pero delicado. Los WEALTH se trataban con mucha delicadeza. Sin embargo, el más torpe allí era el líder.

¡Gracias! ¡Gracias! - dijo el líder muy risueño. Una mujer muy delgada, en un traje negro sin decoraciones, con pelo castaño hasta los hombros y una cara que parecía una careta se le acercó al líder, le dio una copa de champaña y le planto un beso en su boca sudada.

Felicidades cariño - le dijo esta señora suavemente. Era Catalina, la esposa del líder, parecía la viva encarnación de una serpiente. Catalina dirigió su mirada hacia Manuel y este se limitó a notar su presencia. El líder se dirigió a su familia que se encontraban ya con sus bebidas en sus manos y dispuestos a comer.

Como ven, lo prometido es deuda - dijo el líder - Hoy tenemos a un invitado especial. Manuel de Souza...el papá de Constantino.

La familia dirigió su mirada hacia Manuel, este ni se inmutó a reconocer la presencia de nadie, solo quería ver a su hijo. Finalmente se dirigieron todos hacia la mesa para comer. Una mesa larga de cristal con bordes en oro, cargaba la suculenta comida para esa tarde. Ya que los mares no estaban al alcance para los humanos, lo único que no tenían era comida de mar, todo lo demás era comida fresca que no era accesible para nadie más. Excepto para esa familia. Todos se sentaron a la mesa pero Manuel se quedó de pie. Aún no veía a su hijo, el líder insistió en que Manuel se sentara a su lado lo cual Manuel hizo a regañadientes. No le gustaba estar tan cerca del líder por tanto tiempo, sentía que quería vomitar cada vez que lo tenía cerca. Quedaba solamente otra silla libre a la mesa y Manuel se quedó observándola fijamente para ver si así hacía aparecer a su hijo. El líder tomó su copa y un sirviente rápido la relleno. El líder propuso un brindis. En el ensimismamiento, Manuel no se había fijado que las personas que le estaban sirviendo eran miembros de la otra mitad de la sociedad. Esto le causó una mezcla de sorpresa y de furia a Manuel. Una idea se le comenzó a formar en la cabeza. Pero debía disimular. Todo el mundo se había levantado para realizar el brindis.

Hoy es el primer día del resto de nuestras vidas - dijo el líder mientras Manuel rodaba sus ojos - Con la tecnología que hemos ayudado a desarrollar, influiremos al mundo para tener una mejor vida. Todas esas personas que darán su vida por nuestra noble causa con oda a la belleza, no serán dadas por sentado - dijo el líder.

Vidas...¿Qué vidas? - pensó Manuel.

No digamos vidas perdidas, veámoslo más bien como sacrificios a los dioses, que es lo que celebran cada año con su pequeño festival - dijo sarcásticamente mientras todos reían plásticamente.

¿Qué sacrificios?! - le preguntó Manuel en voz baja al líder, y el líder sin dejar de sonreír le contestó - Los sacrificios de aquellos que darán sus vidas enteras por construir nuestro altar, por supuesto.

Manuel no lo podía creer. Sabía que se encontraba en la cueva del león, pero no podía mantenerse callado. Cuando Manuel abrió la boca para decir algo se abrieron las puertas que daban paso a otra de las habitaciones y por ella entró Constantino, su hijo.

Había crecido tanto en tan poco tiempo. Manuel siempre tenía la misma sensación cuando lo veía: Un orgullo inmenso y tristeza. Muy callado, Constantino se sentó en el lugar que no estaba ocupado aún, tomó una copa y la alzó. Manuel se quedó mirándolo para ver si hacía contacto visual pero Constantino nunca le devolvió la mirada. Manuel sintió un pedazo de su corazón romperse. Terminaron el brindis y Manuel nunca alzó su copa. Sus pensamientos se habían distraído hacia la actitud extraña y nueva de su hijo. Aún imperaba la discordia de lo que había escuchado decir al líder. ¿Qué quiso decir con aquello de los sacrificios? ¿Qué quiso decir con eso de vidas? No quiso pensar lo peor. Manuel se dedicó a comer lo menos posible mientras intentaba no pensar lo que su instinto le comunicaba. Esto ya había pasado en ocasiones anteriores en la historia de la humanidad. Dicen que aquellos que no conocen su historia, están destinados a repetirla, pero Manuel conocía muy bien su historia y no estaba dispuesto a dejar que sucediera algo atroz. Manuel era una de las mentes más brillantes que se encontraban allí, sino la más brillante. La cena terminó y Manuel se dispuso a acercarse a su hijo para hablar con él, pero el líder le cortó el camino.

Voy a hablar con mi hijo. Salga de mi camino - le dijo secamente Manuel al líder.

No te recomiendo que hagas eso - le respondió risueño el líder.

Es la única razón por la que estoy aquí. La única razón por la que tan siquiera reconozco tu existencia - Manuel ya estaba al borde. Todo aquello le parecía tan absurdo. Finalmente el líder le abrió paso.

No digas que no te lo advertí - le dijo el líder - Cuando termines, ven y búscame a la biblioteca - Y con esto el líder se fue seguido por varios asistentes.

Manuel observó a su hijo que se encontraba hablando con otro miembro de la familia WEALTH. Manuel se acercó nervioso a Constantino, sentía que la energía de su hijo había cambiado drásticamente. Quería saber específicamente de qué se trataba.

Constantino - le llamó Manuel cuando estuvo lo suficientemente cerca - Hola.

Constantino respiró hondo, se excusó con la persona que estaba hablando y se acercó a su padre.

Hola - respondió secamente.

Cómo es eso que ni me miras cuando entraste. No te veo desde hace tanto...¿Y así recibes a tu papá? - le preguntó Manuel.

No es nada personal - le contestó Constantino. Manuel no entendía de qué se trataba todo aquello. Pero era claro que ese no era su hijo. Era una persona completamente diferente. Alguien o algo se debió haber apoderado del pensamiento de este niño.

¿Personal? ¿De qué carajos estás hablando Constantino? - le preguntó fuertemente Manuel.

De esto precisamente - le contestó rápido Constantino - Eres demasiado intenso.

Demasiado intenso con que solo puedo ver a mi único hijo una vez cada año o seis meses ¿Y que cuando llega ni me mira a los ojos? - su tono definitivo enmudeció a Constantino - ¿Crees que es fácil para mí? ¿Qué felicidad voy a tener? ¿Que clase de tontería es esa, de cuando acá te incomoda sentir? - le preguntó Manuel.

Desde que gracias a la educación que me han brindado puedo ver lo erróneo de tus maneras papá. Yo pensaba que eras la solución, que pensábamos diferente. Pero resulta que somos el problema en nuestra sociedad. La fuerza está en unificarnos e intentar dejar de ser distintos. Nuestra raza puede liberar y ayudar a tanta gente - respondió Constantino.

¿Como han estado haciendo estos últimos mil años? - le preguntó Manuel sarcasticamente - ¿Como lo siguen haciendo aún? ¿Acaso te has convertido en uno de ellos? Mira, no se que mierda mental te han estado alimentando aquí pero ese tono no me gusta, ya seas mayor de edad aun soy tu papá. Y yo sé que eres mucho más inteligente que esto. No confundas tus ideales con los de ellos, no te sometas a la presión - le dijo Manuel con firmeza.

¿De qué hablas? ¡Tuve que venir aquí para darme cuenta que me enseñaste, ese sueño de libertad contra el opresor era pura mentira! ¡Pura basura! Ellos...y ahora yo, somos la solución - y con esto terminó Constantino. Manuel no dijo nada por un momento. Intentó buscar en los ojos de su hijo para ver si quedaba algo. Pero se dio cuenta que era demasiado tarde. ¿Qué había pasado? Manuel quiso llorar, pero no podía, no entendía nada. Ya todos en aquella sala no podían ignorar lo que escuchaban.

Que perdido estás hijo mío - le dijo Manuel y se volteó en busca del líder.

Manuel tuvo que esforzarse para mantener la calma. La tristeza que le abrasaba el pecho era demasiado fuerte, sentía que había perdido a su hijo sin tan siquiera tener la oportunidad de rescatarlo. Su decepción consigo mismo se expresaba como coraje en contra de todo. Por eso andaba con tanto desdén sus días viviendo en aquella comunidad que había dejado de entender desde hace mucho. Y ahora la única persona con quien podía compartir su corazón en aquel mundo, había desaparecido. Manuel volvió su coraje a alto voltaje para enfrentar al causante de las tragedias de su vida. Cuando llegó a la biblioteca, su energía era tal que no había dicho nada aún y los asistentes estaban ya preparados para detener a Manuel en caso de que intentara algo. En el fondo de la biblioteca, el líder se encontraba leyendo un libro de biología y sin alzar la vista le dijo a Manuel:

Te lo advertí ¿No?

Manuel ya ni podía soportar el tono de su voz casual y risueño. Estaba dispuesto hasta pelear con él si era necesario, no le importaba si salía de allí muerto.

¿Cómo te atreves? - le dijo Manuel desafiante al líder - ¡Tú mismo conoces las verdades de los demonios que existen dentro de ti! No me importa que lo hagas con tu gentuza, no me importa que lo hagas con toda esa gente que te decide seguir a ciegas, pero que lo hagas con mi hijo, con lo único que tengo en la vida, eso no te lo permitiré.

Vamos Manuel, no lo mires como algo negativo - dijo risueño y sudado el líder - Todo depende de la perspectiva con que veas las cosas. Tu hijo es la clave para que todo este plan no se salga fuera de control. Veras, yo te veo como mi luz Manuel. Esta comunidad siempre podrá contar contigo para guiarnos al camino correcto cuando nos descarrilamos. Sin tu hijo, no tengo cómo atarte. Sin esa motivación que te mantenga conectado a mí, mis proyectos se auto destruirían. Y por eso te traje aquí. Este proyecto necesita de tu ayuda Manuel.

Manuel recordó el proyecto, sobre "las vidas" y "los sacrificios" que había mencionado en el brindis.

¿A qué te refieres? - preguntó Manuel y el líder le sonrió. Podía ver en su cara que ya tenía una idea sobre de qué se trataba todo aquello.

¿Alguna vez has ido al Festival de los dioses Manuel? - le preguntó el líder. Antes de que Manuel pudiera contestar, el líder continuó - Son tres días, en referencia a los tres días de la catástrofe. Aquella otra mitad, se emborrachan, se drogan, hacen todo tipo de barbaridades, en fin, dejan salir su verdadera naturaleza mixta y primitiva. Lo mejor del festival es que tiene un espectáculo de luces muy dinámico, muy...cautivador a decir verdad. ¿Sabías que ese espectáculo es financiado por nuestra sociedad? Todos los ciudadanos prestan mucha atención a este espectáculo en particular. Todos allá abajo quieren ser parte de él. Parte de la grandiosidad que la vida tiene que ofrecer - el tono del líder se iba volviendo más siniestro - Y yo quisiera darles esa oportunidad de ser parte de algo más grande que ellos mismos. Es por eso que para el festival de este año decidí tomar acción para darles esta oportunidad de devolvernos el favor y de una vez ayudarlos para que eleven el propósito de su existencia.

¿Qué hiciste? - preguntó Manuel.

¿Sabías que hay hongos que si los consumes te pueden manipular el comportamiento? Consulté con los mejores científicos de nuestra gran comunidad para ver cómo se podría transferir este efecto permanentemente a los seres humanos a través de otros conductos...por ejemplo, un espectáculo maravilloso de luces - aclaró el líder.

¿Qué hiciste Felipe? - preguntó Manuel desafiante.

¿Felipe? Hace mucho tiempo que nadie me llama por ese

nombre - dijo el líder - Es simple, Manuel. Durante los tres días del Festival de los dioses aquella otra mitad que se hace llamar sociedad estarán pasando por un proceso de reprogramación psicomolecular por vía de rayos ultravioletas presentes en las luces...magníficas...de la celebración - dijo el líder con delicadeza.

Hubo un silencio imperante por parte de Manuel, el líder no se esperaba esto.

Aquí es cuando se supone que me preguntes "¿porqué haces esto?" - dijo el líder sarcásticamente - ¡Que bueno que lo preguntas, veras esa es la oportunidad! Esta conversión les propiciará la necesidad ridículamente imperante de realizar el objetivo, el objetivo siendo...

El maldito rascacielos - masticó Manuel.

¡Violà! El trono perfecto que se merece un rey, un verdadero líder - dijo con una sonrisa el líder.

¿Porque no te basta oprimir y dividir a la otra mitad, ahora quieres poseerlos y convertirlos en una especie de zombies esclavizados? - le dijo Manuel.

Sí - contestó el líder de forma casual - Aunque me gusta más: "Soldados" esclavizados. "Zombie" suena como una película de horror, ¿no?

¡No te lo voy a permitir! - le dijo fuertemente Manuel.

¿Ves porque te necesito? - le dijo el líder - Tu nunca me defraudas Manuel.

En lo que decía esto, el líder no se había percatado que Manuel había tomado un florero y se lo iba romper en la cabeza, los asistentes se metieron en el medio para proteger al líder y Manuel le terminó dando a uno de ellos en vez. Los otros asistentes salieron disparados para incapacitar a Manuel y así no intentara nada más.

¿Ves que nos necesitamos Manuel? - le dijo el líder e hizo un ademán para que se lo llevaran - Espero más de tus esfuerzos para detenerme. ¡Necesito tu luz Manuel! ¡Necesito tu balance!

Poco después Manuel fue lanzado de uno de los coches oficiales frente a su casa. Aún no podía procesar bien todo lo que había sucedido, y lo que iría a suceder. A pesar de sentirse tan derrotado y abatido, Manuel no quería perder la esperanza y llegar a la conclusión de que había perdido a su hijo a pesar de que este hecho parecía muy aparente. Y así Manuel se levantó del suelo, y en vez de caminar hacia su casa a terminar su rutina con las plantas, se volteó y caminó hasta uno de los bordes de la plataforma que suspendía a toda aquella sociedad, desde donde podía mirar hacia abajo donde vivían la otra mitad. Tenía que hacer algo, pero eso era exactamente lo que el líder quería. ¿Acaso estaría cayendo en su trampa si fuera a alertar a todo el mundo? ¿O sería mejor si no intervenía en aquella afrenta? Quizás así tomaba por desprevenido al líder. Pero, ¿en qué estaba pensando? Era seguro que debía hacer algo, era seguro que debía ayudar, pero de una manera distinta. Manuel regresó a su casa, hizo un pequeño bulto con esenciales, liberó a sus dos pájaros y salió dispuesto a bajar a donde la otra mitad estaba a punto de enfrentar una nueva realidad.

8

LOS OJOS BIEN ABIERTOS

De vuelta al edificio de construcción donde trabaja Ulysses, o mejor dicho trabajaba, Carlos llegó temprano en la mañana para encontrar a sus amigos esperándolo en la entrada. Estaban todos muy amanecidos por las celebraciones de la noche anterior. Entre la resaca del alcohol consumido, el casi no dormir toda la noche por los efectos de la droga y la preocupación por el estado de su nuevo amigo Ulysses estos no se encontraban en óptimos estados. Todos necesitaban una buena taza de café, o varias. Aun así se encontraban dispuestos a enfrentar sea lo que sea le deparaba el día, el optimismo general del grupo era lo que lo definía y los mantenía tan unidos. Este año marcaban seis años de haber trabajado juntos y de conocerse. Habían trabajado en distintos proyectos pero siempre el mismo equipo en su esencia. Eran cuatro: Jose Medina, 33, era de estatura mediana, de tez negra y ojos naranja, el cabello era de un color azul oscuro, Jose tenía una hija que su esposa no dejaba ver por sus "problemas" con las drogas. Luego estaba Martirio Imanol, la más atrevida y productiva del grupo, debía compensar por ser la única chica, después de todo no era como si muchas chicas se interesaban en trabajar en construcción.

Martirio tenía veintiocho años, un cabello rojo muy rizado con las puntas doradas, de piel amarilla y ojos negros. Maco Portuondo era el más lento de todos ellos, quizás porque era el más alto. Maco siempre vivía como en una nube y siempre seguía a sus compañeros a donde quiera que fueran. Maco tenía un verdor en la tez de su piel y los ojos marrón con su cabello morado muy corto. Finalmente se encontraba Carlos, el que los unía a todos. A Carlos siempre le asignaban ser manejador de grupo dentro de la rama de construcción en la que trabajaban. Carlos tenía el cabello castaño, la piel morena y los ojos muy amarillos. Tenía mucha experiencia en construcción lo que lo hacía un líder natural en el trabajo. Carlos era el más viejo de sus hermanos por diez años y creció con una madre enferma que falleció cuando él era tan solo un adolescente, desde entonces tuvo que cuidar de sus hermanos y comenzar a trabajar constantemente en construcción desde muy temprana edad. Carlos era el que había reconocido a Ulysses tan pronto lo vio. Lo había visto en otros trabajos anteriores, con la misma soledad cargada en sus hombros. Esta era la verdadera razón por la que se encargó de invitarlo a su círculo durante las festividades. Carlos no confiaba mucho en la gente, pero una vez se decidía abrirse a alguien, contaban con un muy buen amigo. Por eso sus amigos lo apreciaban y confiaban tanto en él.

¿Cómo estará Ulysses? - se preguntó otra vez Carlos mientras veía las caras cansadas de sus compañeros. Carlos sabía que sus amigos les irían a preguntar de nuevo pues fue él quien dejó a Ulysses en el hospital con aquel doctor, pero al regresar para saber cómo se seguía se había encontrado con la sorpresa de que Ulysses había desaparecido.

¡Buenos días! - le propinó Carlos con una sonrisa a sus compañeros.

¡Buenos días jefe! Buenos días - le regresaron sus amigos en desorden.

Jose le entregó una taza de café a Carlos mientras se sentaban a esperar por el ponchador que diera las siete de la mañana. Se hizo un silencio muy incomodo que predecía la siguiente pregunta:

Así que, ¿cómo sigue Ulysses? - preguntó Jose tímido. Los otros se voltearon automáticamente hacia Carlos, definitivamente estaban esperando la respuesta a esta pregunta.

Carlos no sabía si mentirles o decirles la verdad: que no sabía nada. No quería mentirle a sus amigos pero tampoco quería hacerles sentir mal. Estos se sentían un tanto responsables al compartir las drogas con Ulysses. Un día entero de trabajo les esperaba por delante y todo el mundo necesitaba estar en buen estado mental.

¡Se encuentra bien! - dijo Carlos - Se comunicó conmigo esta madrugada para decirme que solo había sido un susto, que no había de qué preocuparse -mintió Carlos.

Todos respiraron profundo y sonrieron un poco. Para aliviar la tensión aún más, Carlos decidió cambiar el tema de conversación de manera casual.

Así que...¿Día dos del festival? ¿Qué dicen? - preguntó Carlos.

Todos respondieron con un "sí", "quizás", "un rato" no muy entusiasmado.

¡Bien!...No se preocupen, Ulysses estará muy bien - dijo Carlos con fingido optimismo.

Entonces dieron las siete de la mañana, hicieron la fila frente al ponchador, poncharon y subieron en el ascensor. De camino Martirio pregunta: ¡Oye! ¿Escucharon en las noticias que hubo una familia entera que desapareció anoche?

Por la entrada hacia la selva que conectaba el planeta tierra al mundo de los dioses, de repente se escuchó un ruido por entre los arbustos. Después de un momento Aquiles apareció por entre ellos. El pequeño reptil miró hacia todas direcciones con sus ojos alertas y después de un momento abrió la boca y volvió a emitir aquel mismo chillido para dejar saber que no se encontraba nadie cerca. Se escuchó otro ruido por entre los arbustos y esta vez Ulysses apareció por entre ellos con la misma expresión de alerta de su pequeño amigo reptil. Ulysses observó hacia todas direcciones para confirmar de nuevo que no había nadie, una vez confirmado salió completamente de los arbustos hacia la calle desolada. Era el medio día y la gente se encontraba en la calle en su puro afán.

¿Están seguros que esto va a funcionar? - preguntó Ulysses en dirección a los arbustos.

De los arbustos detrás de Ulysses salieron cuatro figuras: Una monja encarnada por Badur, una Drag Queen encarnada por Kia, un Mayordomo encarnado por Anna y el doctor también conocido por Tío, con quien Ulysses se atendía, encarnado por Ag.

Ulysses volvió a mirar a Ag y le dijo - Es que aun no lo puedo creer...después de tanto tiempo y nunca me dijiste nada.

Ag simplemente lo miró seriamente y Ulysses prosiguió. Aquel era un grupo demasiado sospechoso, diverso y radical para andar juntos por las calles, incluso para el mundo en el que vivían en ese entonces. Ninguno tenía que ver con el otro. Quizás si andaban separados, pero debían permanecer juntos en todo momento. Quizás el Mayordomo con el doctor pensó Ulysses, pero aun así. Ahora, ¿una monja hablando con una Drag Queen? Eso se llama progreso. Mundos demasiado distintos.

Aparte de Ag, ¿hace cuanto tiempo no se presentan en el mundo de los humanos disfrazados? - preguntó Ulysses.

Los dioses se miraron y balbucearon unas respuestas -

¿Doscientos...años? - se atrevió aventurar Kia.

¡No, no! Fueron más bien hace unos... ¿Doscientos setenta y cinco? - interrumpió Anna - ¿Recuerdan? Cuando inventaron aquellos dulces de chocolate, que me dijiste que no podías creer que los seres humanos hubieran traído el chocolate de vuelta y querías venir a probar a ver que tan buenos eran.

¡Ah! ¡Sí, sí! - exclamó Kia recordando - ¡Los Churros Duros! ¡Sí! Ahora me recuerdo. Buena imitación, buena imitación.

El punto es - interrumpió Ulysses - si no quieren que la gente sospeche de nosotros como grupo, van a tener que cambiar al menos el tono de sus pieles y cabellos, son muy....WEALTH.

Los dioses se miraron y entendieron. En un momento cambiaron el color de sus pieles, sus cabellos y sus ojos.

Mejor - dijo Ulysses aún preocupado. Se dio cuenta de que estaban hablando aún en el lenguaje que no sabía que podía hablar - ¿Las personas nos pueden escuchar hablando este idioma?

No - respondió Badur - Ellos solo pueden escuchar el idioma que conocen. Nos escucharán hablando una conversación completamente diferente.

Y después de un momento Kia se adelantó y dijo - ¡Bien! ¿Por el aire o por la tierra?

Los dioses se miraron y dijeron - "Tierra" - Ulysses no entendió, y en ese momento Kia hizo un pequeño puño con la mano y el suelo que pisaban los transportó a la velocidad de la luz al centro de la ciudad. Una vez se detuvieron, Ulysses no sabía dónde estaba. De momento vio a la gran Ceiba delante de ellos y no pudo comprender que había acabado de suceder, ¿como se encontraban allí? Este pensamiento fue interrumpido por Badur - Parece como si fuera ayer que te dejamos aquí. Mi pequeñín - le dijo Badur a Ulysses sonriendo.

No es tiempo de sentimentalismos, por favor - dijo Ag seco mientras una pareja pasaba observando al grupo con perspicacia - ¿Que miran?! - les bramó Ag a la pareja e hizo que el suelo debajo de ellos se calentara tanto que la pareja de momento no podía pisar bien el suelo y salieron corriendo en busca de asilo.

¡Relájate Ag! - le dijo Kia - No nos vestimos de humanos todos los días. Diviértete un poco.

Habla por ti mismo - masticó Ag - Ya yo he pasado bastante tiempo aquí.

Es increíble cómo los seres humanos han podido sobrevivir tanto tiempo con este "oxígeno" - señaló Anna - Francamente es aterrador. Lo siento que te hemos hecho esperar tanto tiempo Ulysses, te admiro.

¿Como este árbol ha sobrevivido tanto tiempo entonces? - preguntó Ulysses.

Veras este árbol está cubierto por una capa de puro oxigeno que yo invente especialmente para él - explicó Anna - Es la capa de oxígeno que te cubrirá de ahora en adelante - dijo - Eventualmente creo que te podré entrenar para que seas capaz de producirla ¿sabes? Es lo que he hecho contigo cuando has tenido tus episodios más grandes.

Y podrás transferir este oxígeno hacia otras plantas que lo necesiten - le dijo emocionado Kia - ¡Podrías comenzar con las flores en tu apartamento!

Sí - respondió Ulysses - ¡Para mis flores! - dijo con entusiasmo.

Si desarrollas esta habilidad, que apuesto a que sí - dijo Kia - Eventualmente podrás darle vida a tantas plantas. Apuesto a que visitas este árbol a menudo.

Ulysses sonrió y recordó todos los momentos que había tenido con aquella Ceiba gigante. Era una de las pocas cosas que lo hacía sentir más tranquilo y menos solo en aquel mundo.

Esta Ceiba ha crecido gracias a tí Ulysses - le dijo Badur - Y esto es solo un pequeño reflejo de la vida que eres capaz de compartir con los demás seres vivos.

Ulysses y los dioses se dedicaron a explorar los negocios que se encontraban alrededor de la gran Ceiba. El hambre había azotado a Ulysses de momento. No había pensado en ello pero la realidad era que no había comido desde la tarde anterior. Todo lo que había sucedido hasta entonces se había apoderado de todos sus sentidos. Y así pararon a comer la famosa "picanha" que vendían en Río, a Kia no le apetecio, y un poco de "caipirinha" para endulzar los sentidos. Exploraron un poco las tiendas de artesanías y los dioses tuvieron la oportunidad de descubrir hacia dónde se iba dirigiendo el alma de aquella comunidad.

De momento se escuchó una disputa a lo lejos entre un grupo de personas. Ulysses y los dioses se voltearon para saber qué es lo que sucedía. Un hombre de color blanco entero con los ojos negros pasaba desesperadamente corriendo y empujando al publico fuera de su camino con mucha fuerza, tumbando a niños, mujeres, incluso envejecientes. En el fondo una pareja gritó su nombre, pero el hombre no hizo caso. El hombre continuó corriendo como poseído por alguna fuerza demoniaca. El hombre venía directo hacia Ulysses y los dioses. A medida que se acercaba con gran velocidad Ulysses se percató que los ojos de este hombre no estaban enfocados, no parecían ni tan siquiera vivos. El semblante parecía dormido y la boca abierta rebotando con cada zancada que daba. Ulysses no sabía qué hacer para detener al hombre, siguiendo su instinto hizo frente para detenerlo. Cuando Ulysses y el hombre ya estaban a punto de chocar, el hombre saltó unos diez metros en el aire por encima de Ulysses y los dioses aterrizando detrás de ellos. Al aterrizar, el hombre se volteó y sembró su mirada en los dioses disfrazados de seres humanos. Ulysses pudo ver en la mirada la verdadera identidad del hombre, detrás de aquella posesión, pidiendo ayuda. Era como si el hombre los hubiese reconocido de alguna manera. El hombre continuó corriendo con gran rapidez lejos de ellos, cuando un señor muy viejo que andaba en su silla de ruedas se detuvo frente al hombre para detenerlo. El hombre no dio señales de detenerse.

Tenemos que hacer algo - dijo Ulysses.

Así que lo viste - dijo Badur - Buen chico.

Los dioses se alinearon detrás de Ulysses en forma de U, Ulysses sintió una ráfaga de poder que alimentaba su cuerpo de momento, sabía que lo que tenía que hacer. Ulysses alzó sus manos y como si fuera un mago, manipuló algunas de las planchas grandes de plástico que eran parte de los edificios a su alrededor y estas salieron volando hacia el hombre impactándolo de un golpe. El hombre salió volando del golpe unos veinte metros.

¡Wow! - exclamó Ulysses mirándose las manos anonadado.

Un poco muy fuerte chiquillo - dijo Kia en tono de chiste. Y Anna se rió tímidamente.

Ulysses no podía creer lo que había acabado de suceder. ¿Qué exactamente era capaz de hacer? ¿Cómo había levantado aquellas planchas tan pesadas como si fueran plumas? ¿Acaso podía controlar los edificios? ¿O de lo que estaban hechos? ¿O qué? ¿De qué estaban hechos los edificios? Ulysses volvió a observar de dónde exactamente habían salido aquellas planchas de plástico. Al reflexionar en la fuerza que había empleado, Ulysses se sintió un poco avergonzado.

No te preocupes - dijo Badur - Es tu primera vez.

Ulysses se adelantó a revisar el cuerpo del hombre debajo de las inmensas planchas de plástico, pero este ya no estaba allí. De repente escucharon otros gritos a lo lejos y vieron al hombre que había escapado de aquel fuerte impacto. Ulysses pensó en ir detrás de él, pero se percató que había llamado demasiado la atención en su primer intento de ser un superhéroe. Las personas que se encontraban en aquel espacio público lo miraban con ojos de asombro, así como miraron al hombre poseído que acababa de escapar. En sus caras se notaba el desconcierto sobre lo sucedido. Después de todo, no todos los días acontecía que un joven le lanzara unas planchas de plástico gigantes encima a un hombre poseído que brincaba diez metros en el aire mientras una Monja, una Drag Queen, un Mayordomo y un Doctor miraban el suceso de cerca.

¿Y ahora? - preguntó Ulysses a los dioses.

Una vez más Ag calentó el suelo que el público pisaba y de momento todo el mundo se encontraba saltando de puntillas como en un baile de gallinas evitando tocar el piso. Esto distrajo al público lo suficiente para que Kia despegara el suelo debajo de ellos y los transportara a gran velocidad a otra parte de la ciudad. Esta vez estaban en las afueras de la ciudad, en lo que una vez fue la famosa playa Copacabana.

¿Qué fue eso?! - preguntó Ulysses entre preocupado y emocionado - ¿Quién era ese hombre? ¿Qué le sucedió? ¡Osea saltó por encima de nosotros! ¡Incluso a nuestros estándares, eso no es humano! ¿Y cómo? ¿Digo, cómo, como yo hice eso? ¿Es esa...mi habilidad? ¿Mi super poder?! ¿Es eso lo que soy capaz de hacer? - preguntó Ulysses.

La emoción y el miedo corrían por sus venas mientras que una luz de diversos colores comenzaba a brillar desde sus interiores filtrándose por los tatuajes de su cuerpo. Ulysses no se había dado cuenta, pero varias cosas comenzaron a brincar y a volar a su alrededor mientras él apenas podía contener su emoción. Badur le puso una mano en el hombro para calmarlo y luego le acarició el rostro con afecto maternal. Badur y los demás habían vuelto a su forma original. Agua se filtraba por los símbolos del cuerpo de Ulysses como si se hubiese apagado un fuego dentro de él. Ulysses sentía que su cuerpo y su mente se calmaban.

Vas a ser capaz de hacer tantas cosas - dijo Badur.

¿Pero cuáles cosas? - preguntó una vez más Ulysses.

Ag interrumpió el momento - Antes de saber todo lo que eres capaz de hacer - comenzó Ag muy serio - Tienes que verdaderamente internalizar el porqué. Debes purgar de ti toda mentalidad arcaica de la ambición insaciable que ha llevado a los seres humanos a este momento de la historia. Y es preciso comenzar cuanto antes, no podemos perder más tiempo. Así que disculpa si no me regocijo inmediatamente con tus talentos.

¡Ag! - le advirtió Badur en forma de regaño.

Puedo decir todo lo que quiera - amenazó Ag - ¡No han sido ustedes los que se han tenido que disfrazar de "Doctor" y tener que sufrir el día a día de estos seres egoístas! - Ag se volteó hacia Ulysses y con fuerza le dijo - Aquel hombre que viste poseído, así es como se verán todos en unos días. Sin voluntad propia, esclavizados - Ulysses comenzó realmente a sentir el peso de las circunstancias - ¡Por el solo hecho de querer alzar el último panteón en nombre de su vanidad! - bramó Ag.

No lo conocía desde hace mucho. Pero una vez más Ulysses se había dado cuenta que algo más grande que esto le pesaba a Ag. Era como si tuviera una conexión muy personal con los seres humanos. Algo que intentaba esconder con todas las fuerzas de su ser, pero que salía de manera involuntaria sin él poder hacer nada al respecto. Ulysses se atrevió a aventurar una pregunta que le estaba comiendo el cerebro desde que se le manifestaron los dioses.

Aún no entiendo... ¿Por qué los WEALTH quieren hacernos daño de esta manera? - dijo Ulysses.

Tu juventud alimenta tu ignorancia - se adelantó Ag a responder - Todo tiene un precio para ellos en este Universo. Esa es la frustración nuestra de cada día. Saber que quizás esta es la verdadera naturaleza de todos los seres humanos. Conocer que hay seres que dentro de su naturaleza verdaderamente se creen superiores a otros. Tanto así que los explotan solo por el placer de alimentar el ego y la vanidad que ocupan sus almas. Lo mismo sucede en las otras grandes ciudades. Lo mismo sucedió hace mil años durante la gran catástrofe. Lo mismo sucede en otras partes del Universo - Ulysses observó perplejo a Ag y este entendió - Ah... ¿Creías que eran los únicos en el Universo?

Hubo un silencio por parte de Ulysses mientras miraba pensativo hacia el vacío. Su ensimismamiento fue interrumpido una vez más por Ag que añadió - Lo más triste de todo esto es que ya han manipulado la conciencia de los oprimidos para que también idealicen su mentalidad. Los oprimidos alaban a sus opresores como si fueran dioses. Trabajan cada día para ser separados de la realidad, para creerse mejor que su prójimo. No hay nadie mejor que nadie chico...¡Por eso me dan asco! - dijo Ag - No puedo creer que fuimos capaces de crear semejante especie - Ag se volteó hacia Badur esta vez - ¡Y todo por tu capricho!

¡BASTA!! - dijo Badur fuertemente y algo muy fuerte en la tierra tembló. Tanto que las personas dentro de la ciudad lo sintieron y comenzaron a sonar alarmas de precaución en contra de terremotos. Badur no era de alzar su voz. Ag debió haber cruzado la raya. Jamás Ulysses pensó que estaría en una discusión entre dioses. Kia miró a Ulysses con ojos solidarios, sabía que esto era mucho para Ulysses, pero este tomó valor y dijo - ¿Entonces por qué no intervenimos hoy? ¡Si tenemos que actuar ya, hagámoslo! - exclamó Ulysses - No podemos permitir que se salgan con la suya.

Lamentablemente Ulysses - dijo Anna suavemente - Recuerda que aun no tienes la experiencia para batallar este tipo de poder. Necesitas el entrenamiento.

¿Y porque no hicieron algo ustedes desde un principio? - preguntó Ulysses frustrado.

Es un poco complicado - aclaró Anna suavemente.

¿Pero que es complicado? ¿No fueron ustedes quienes los

crearon? ¡Los tienen que ayudar! - les imploró Ulysses mientras los dioses lo miraban con atención - ¡Ayudenlos! ¡Vayan!! ¡Vayan!!! - les gritó Ulysses.

De momento Ulysses escuchó a Kia decir - Se parece tanto a ti - mientras miraba a Badur.

De repente todo se volvió azul, turquesa, verde y Ulysses se encontraba bajando rápidamente por una corriente de agua que lo arrastraba hacia un abismo. Estuvo cayendo a una velocidad inmensa alrededor de diez segundos cuando de momento se detuvo en seco. Su cuerpo se estabilizó en el medio de lo que parecía ser una esfera gigante a su alrededor. Un portal circular debajo de Ulysses se abrió y comenzó a drenar el agua en la que se encontraba sumergido. Su cuerpo iba bajando a la medida que el agua se drenaba, Ulysses pensó que iba a caer por el portal oscuro cuando de repente su cuerpo se detuvo. Miró hacia todos lados a ver si conseguía hacer sentido de lo que sucedía cuando vio que un par de ojos brillantes a la distancia aparecieron frente a él cerca de unas paredes de la esfera. Poco a poco más ojos comenzaron a aparecer como si fueran diamantes en la oscuridad. El agua continuó drenándose mientras su cuerpo quedaba suspendido en el aire por Anna que lo había suspendido. Cuando el agua se había drenado completamente del espacio y el portal cerró con un fuerte sonido sólido debajo de él, Anna fue descendiendo el cuerpo de Ulysses hasta que sus pies aterrizaron sobre el suelo encima del portal de piedra. Ulysses se percató que ahora se encontraban cientos de ojos observándolo. Aquel espacio estaba iluminado con unas piedras preciosas alternando entre los colores azul turquesa, naranja, verde y plateado como si fueran luces eléctricas. Luego de un momento las luces se estabilizaron en el color naranja y Ulysses tuvo mejor vista, pero lo que vio, no era del mundo que conocía. Las cabezas, cuellos y cuerpos detrás de aquellos cientos de ojos que lo observaban en la oscuridad comenzaron a aparecer.

Todos tenían un gran parecido a los dioses que ya había conocido. Todos tenían gran tamaño, con características tan particulares en su composición que te daba la impresión exacta de saber que representaban cada uno. No existía nada remotamente humano en aquel espacio. Ulysses se percató que directo encima de él, a unos cincuenta metros había como una placa circular de piedra que parecía muy antigua. Como si la hubiese llamado con el pensamiento, la placa antigua se comenzó a mover. Ulysses intentó descifrar de qué se trataba hasta que finalmente le hizo sentido. Ulysses se sorprendió al ver los mismos símbolos que marcaban sus tatuajes por todo su cuerpo. Comprendió que era allí donde pertenecía. Ulysses sintió la extraña y abrumadora sensación de pertenecer. No pasó mucho tiempo que entendió este sentimiento, cuando aquel gran símbolo abrió sus ojos inmensos y le penetró el alma con aquella mirada eterna.

9

MORIR, DORMIR

QUE MUCHO HAS CRECIDO - DIJO EL GRAN ROSTRO CUANDO HIZO contacto visual con Ulysses.

Ulysses quedó estupefacto, no tan solo porque el rostro de una roca gigante le estaba hablando, sino porque escuchaba la voz dentro de su cabeza. La voz de aquella roca gigante era como el pensamiento más claro que jamás hubiese tenido. Ulysses se preguntó si aquella magnificencia tenía alguna relación con su conciencia. Pero antes de continuar jugando con esta idea la gran roca le contestó su pensamiento:

Se puede decir que sí - dijo la roca - Claro, todo depende de ti, si me dejas entrar, te guiaré hasta el final de los tiempos. Veras, todo lo que nazca de este suelo está inevitablemente conectado conmigo. Aunque hay muchos que vuelan tan alto que pierden su verdadera esencia, tarde o temprano, todos vuelven a mí - dijo la gran roca - Todos vuelven al cuidado de su madre - Ulysses de repente se sintió conmovido. Era como si más de la realidad infinita de su ser se le fuera revelada. Sintió un amor intenso indescriptible que creció en su pecho y le corrió como un escalofrío por todo su cuerpo. Igual al que sintió cuando conoció a Badur. Ulysses quiso cerrar los ojos para concentrarse en aquel sentimiento pero por alguna razón no quería perder la mirada de aquel ser. Se sintió muy cercano a ella. Se sentía tan libre que ya nada importaba. Sin darse cuenta Ulysses flotaba de nuevo a unos quince metros del suelo en donde estaba parado, esta vez sin ayuda de Anna. Fue entonces que Ulysses se miró el cuerpo recargado en pura energía.

Nammu - dijo Ulysses - Eres el núcleo de este mundo.

Nammu sonrió y con cariño añadió - Y también soy tu abuela cariño.

De repente de Nammu salieron raíces gigantes que acapararon el espacio entero agarraron a Ulysses en el aire y lo trajeron hacia ella muy cerca de su rostro.

Solo te quería ver más de cerca - dijo Nammu - Has crecido muy guapo - se echó una carcajada - Creo que me recuerdas a alguien - dijo Nammu mientras echó un vistazo en dirección a Badur - Sí - reafirmó Nammu - A alguien que conocí hace mucho tiempo ya.

Las raíces, que abrazaban a Ulysses de pies a cabeza poco a poco se fueron aflojando y dejándolo libre. Cuando las raíces se deslizaron dejaron al descubierto una especie de armadura blanca muy dura que Ulysses ahora tenía puesta. La armadura parecía pegada a su piel pero flotaba a un centímetro, y dividía las diferentes partes de su cuerpo manteniendo a Ulysses cubierto pero flexible. Ulysses parecía salido de una historieta de superhéroes.

Al parecer son verdad los rumores - dijo Nammu en forma de broma.

¿Qué rumores? - preguntó Ulysses.

Nammu muy interesada añadió - Puedes manipular el carbono.

¿El Carbono? - exclamó Ulysses - Pero...hay carbono en todo ¿No?

Sí - contestó Nammu.

Entonces...¿Ese es mi superpoder? - preguntó Ulysses que aún seguía ansioso por saber - ¿Puedo controlar todo?

Sí - contestó Nammu - Y no.

Ulysses no entendió.

Me temo que es imposible llegar a ese nivel de energía mi querido - dijo Nammu - Ni tan siquiera yo puedo llegar ahí - explicó Nammu - Pero si observamos más de cerca, y nos enfocamos en cosas un tanto menos complicadas, aun así podrás hacer una diferencia.

De momento un pensamiento le vino a la cabeza a Ulysses. Observó su armadura blanca, la tocó y automáticamente le recordó el incidente en la ciudad, vio que el material parecía ser:

¡Plástico! - exclamó una vez más Ulysses - ¡Eso es! ¡Puedo controlar el plástico!

¡BINGO! - confirmó Nammu divertidamente - Siempre quise utilizar esa palabra - se rió Nammu.

Todo estaba hecho de plástico en la ciudad, pensó Ulysses. Era muy poco lo que era hecho de algún otro material.

Creo que no tendrás muchos problemas batallando a tus enemigos en la ciudad - dijo Nammu con picardía al darse cuenta que Ulysses entendía su ventaja - Aun así, tienes que entrenar hijo. Y por eso estás aquí. Conoce a tus primos - dijo Nammu refiriéndose a los cientos de ojos que lo miraban alrededor del espacio - Ellos están aquí para ayudarte.

¿Dioses? - preguntó Ulysses.

Muy bien - contestó Nammu - Se supone que conozcas sus nombres ya. O por lo menos los de algunos. Hay muchos aquí que los humanos no han descubierto aún - añadió Nammu - ¿Te los hacen estudiar en la escuela no?

Yo no fuí a la escuela - respondió Ulysses un poco avergonzado.

¿No? - preguntó Nammu genuinamente sorprendida -

Tenemos más trabajo de lo que pensé. Pero no te preocupes hijo ya habrá tiempo para enseñarte la tabla periódica.

¡Los elementos! Todos los que existían, incluso los que no se conocían, en su forma completa.

Ahora - añadió Nammu - Sé que no es muy tradicional de mi parte haberte presentado tu uniforme antes de que salieras a la acción. Si no me equivoco ¿Siempre lo presentan al final cuando se trata de superhéroes en las películas? - preguntó Nammu y Ulysses asintió riéndose - Pero, lo vas a necesitar durante el entrenamiento. Aunque quizás le podremos hacer una que otra mejora luego.

Nammu con una de sus grandes raíces tocó el centro del pecho en la armadura blanca de Ulysses y sobre esta se reflejaron los mismos símbolos que tenía tatuados. Fue entonces cuando Ulysses al fin pudo hacer sentido de aquellos. Observándolos detenidamente vio que sus tatuajes dibujaban el rostro de Nammu. Esto finalmente le confirmó a Ulysses que nunca había estado solo.

Gracias - dijo Ulysses con una sonrisa.

Te prometo que antes de que salgas allá afuera te tendré una sorpresa más- dijo Nammu - Ah! Y por poco se me olvida.

Nammu hizo un ademán con sus raíces y del aire se materializó la aerotabla de Ulysses. La patineta voladora tenía varias modificaciones. Era blanca ahora, como su armadura, tenía el símbolo de Nammu en el centro de color marrón y el motor para suspensión había desparecido.

Esa la vas a tener que hacer volar tu - le aclaró Nammu - Espero que te guste.

Ulysses quiso abrazar a Nammu pero no supo cómo, así que abrazó la raíz en la que se encontraba sentado. Luego de un momento Nammu lo miró directo a los ojos y le dijo: ¿Listo?

Ulysses asintió y Nammu lo dejó de sostener con sus ramas, su primera prueba. Ulysses aterrizó en el aire en su nueva y modificada aerotabla y solo pensó en todo lo que iba a poder ser capaz de hacer. Ulysses comenzó a caer, el suelo se acercaba con gran velocidad. Ulysses cerró los ojos y apostó por lo mejor. La patineta aún no volaba, no sabía cómo manipularla, se iba a estrellar contra el suelo.

¡Ahhhh! - gritó Ulysses cuando sintió que su patineta comenzó a aguantar su peso en el aire. Ulysses abrió los ojos y vio que estaba flotando sobre ella. Ulysses sonrió muy orgulloso de su primer logro.

Muy bien - dijo Nammu complacida - Pero no cantes victoria aun querido. Vas a estar aquí mucho tiempo.

Pero... ¿Y el pueblo? - resaltó Ulysses.

Paciencia - observó Nammu - Somos dueños del tiempo y el espacio en este planeta - dijo Nammu - Así que tendrás mucho tiempo aquí abajo sin que pase tan siquiera un mes allá arriba -

Ulysses se sintió un poco avergonzado de que para este punto, con todo lo que había ya descubierto, no se le hubiera ocurrido que estos dioses no tuvieran una solución para esto -

No te preocupes tanto por las cosas que aun no puedes controlar querido y enfócate en lo que está frente a ti - dijo Nammu mientras recogía sus raíces. Desde lo más alto de la esfera Kia se había lanzado y aterrizado frente a Ulysses con gran estruendo. El espacio entero tembló cuando este tocó el suelo.

Por esta ocasión Kia adiestrara tu entrenamiento - dijo Nammu mientras Kia estiraba sus enormes y anchos hombros - ¿Qué mejor que la tierra misma que te vio nacer? Confío que será todo lo que necesites por esta ocasión.

Como por ósmosis, de las paredes rocosas plástico de diversos tamaños comenzaron a filtrarse y a caer al suelo a su alrededor .

Munición - dijo Kia - No te preocupes chiquillo. No te voy a lastimar...mucho - dijo Kia con su usual sonrisa - Veamos si podemos despertar en ti el instinto ¿Eres escultor no?

Sí ¿Cómo lo sabes? - preguntó Ulysses.

¿Acaso ya olvidaste a tu mejor amigo? - preguntó Kia mientras que el pequeño Aquiles se asomó por uno de los brazos de Kia.

Es cierto - dijo Ulysses.

Exacto - aclaró Kia - Entonces ya conoces cómo manejar el plástico, darle forma. Pero acaso, ¿Sabes defenderte con él? - cuando Kia dijo esto lanzó una roca gigante de la pared con gran rapidez en dirección de Ulysses. Este apenas tuvo tiempo de cubrirse formando una X con sus brazos. Como si los tuviera atados por hilos invisibles como un titiritero, las grandes planchas de plástico fuertes que estaban a su alrededor formaron una gran pared que detuvo a la roca gigante.

¡Eso es! - gritó Kia con entusiasmo y Ulysses dejó caer la pared mientras observaba con asombro sus manos - ¿Sientes la energía canalizada por tu cuerpo? - preguntó Kia y Ulysses asintió - Esa es la energía que siempre debes tener presente - dijo Kia - Todos los seres humanos la tienen pero no saben como usarla. Es la energía que vas a utilizar para poder manejar el plástico - explicó Kia - ¿De nuevo? - preguntó y Ulysses volvió a asentir - ¡Bien! - Kia continuó, esta vez Kia levantó varias rocas gigantes, esto intimidó a Ulysses pero recordó no dejar de tener presente la energía que canalizaba su cuerpo. Ulysses se enfocó justo a tiempo. Kia tomó una de las rocas y se la lanzó a Ulysses de nuevo con más fuerza que la anterior. Ulysses logró levantar otra pared de planchas de plástico pero esta cedió un poco por la gran fuerza de Kia.

No me subestimes pequeñín - dijo Kia - Soy nada más y nada menos que la tierra que no te deja caer al abismo infinito del Universo - Kia se echó una de sus carcajadas y dijo - ¡Ajusta! Y vamos de nuevo - esta vez Kia lanzó las otras rocas gigantes una detrás de la otra, apenas dándole oportunidad a Ulysses para subir y bajar su defensa que poco a poco se iba desmantelando.

Piensa ¿Qué más puedes hacer en una situación como esta? - exclamó Kia. Justo entonces la defensa de Ulysses se quebró completamente. La próxima roca ya venía en camino, Ulysses intentó levantar su defensa de nuevo pero estaba muy agotado, era demasiado tarde, la gran roca se iría a estrellar contra él. Un momento pasó, luego otro y nada. Kia había detenido la roca a un centímetro de Ulysses. Luego la dejó caer causando un estruendo grandísimo. Solo entonces Ulysses pudo tomar un respiro y mirar a su alrededor. Todos los demás elementos, incluyendo Anna, Ag, y Badur observaban desde la distancia el entrenamiento.

¡Ey! - exclamó Kia llamándole la atención a Ulysses - Foco, no estás entrenando con ellos, estás conmigo - aclaró Kia. Kia era muy amigable y gracioso pero Ulysses se estaba dando cuenta que cuando se trataba de trabajo, no había margen de descanso con Kia.

Kia destrozó de un puño la roca gigante que había lanzado. Luego se le acercó a Ulysses como para hablarle de un plan secreto.

Tienes muy buenos instintos chiquillo - dijo risueño Kia - Pero tu resistencia está por los suelos. Tienes que balancear tus esfuerzos. Piensa como la tierra, que no cede, debes ser duro como ella, pero constante. Es difícil ahora pero con el tiempo te dará vida todo el esfuerzo - dijo Kia.

Kia se sentó en el suelo con sus piernas cruzadas frente a Ulysses y le invitó a que hiciera lo mismo.

Ahora bien, te daré una pequeña clase de historia para darte perspectiva - dijo Kia - Mi nombre como sabes es Kia, basado en el primer vocabulario creado por la primera civilización humana, los Sumerios. Es el idioma que estamos hablando...

creo que no te lo habíamos explicado - dijo Kia un poco avergonzado - Pero no siempre fue así, no siempre hablabamos en este idioma. Tenemos un idioma que es aún más antiguo. Del tiempo que ni la atmósfera existía en la tierra. Verás, nosotros no somos originalmente de este planeta Ulysses, fuimos traídos aquí de otras galaxias. Nammu fue la primera en llegar, yo fuí el segundo, Ag el tercero, Badur la cuarta y Anna el último. Cada uno traemos de nuestro planeta un obsequio de habilidades únicas para alimentar el planeta. De donde soy cultivamos la Yaña, lo que hoy conoces como...?

Tierra - respondió Ulysses.

Exacto - dijo Kia entusiasmado - En mi planeta se adora al gran dios Agüerey quien nos brinda la fuerza para manipular las masas sólidas de la galaxia para poder brindar protección a nuestro planeta. Todo comenzó con nuestra gran líder Welba, quien nos protegía de constantes invasiones de ladrones de otros planetas. Éramos muy débiles, pero la gran líder era invencible. Welba era tan increíble que le rogó al gran dios compartir su fuerza con nosotros. El gran dios le dijo a Welba que para poder poseer el gran poder de las Yaña ella tendría que ofrecer algún sacrificio, pero Welba le dijo que su pueblo entero, desde el más viejo al más joven, era indispensable para la supervivencia de nuestra comunidad, el dios insistió, entonces Welba se ofreció como sacrificio, pero el gran dios no la sacrificó, en vez se retiró sin contestación alguna y así nuestra líder esperó 40 días y 40 noches por el gran dios, sin comida o bebida hasta que el gran Agüerey regresó en su momento final con todo el poder listo para compartirlo con la líder y su gran comunidad, y así pudimos heredar sus habilidades. La estabilidad y la resistencia nos caracteriza, aunque no siempre fue así, por eso desarrollamos un gran sentido del humor - dijo Kia con una gran carcajada y a Ulysses le dio gracia su carcajada. Ambos se rieron un momento hasta que Kia decidió terminar - Cuando llegué a este planeta no había nada más que un desierto oscuro de masa negra. Pura roca era lo que cultivaba Nammu en este planeta como base principal. Una vez llegué supe que no era el lugar perfecto para mí - Kia se incorporó una vez más y mientras caminaba continuó - Pero he dado todo de mí. Mi perseverancia, mi estabilidad y la resistencia que nos enseñó nuestra gran líder, para convertir a este planeta en uno tan hermoso como lo veo en mis sueños.

¿Qué pasó con tu hogar entonces? - preguntó Ulysses tomando a Kia de sorpresa - Esa es una historia para otro día chiquillo - contestó Kia con una sonrisa pero Ulysses vio por primera vez en los ojos de Kia que ocultaba tristeza detrás de sus ojos - No voy a permitir que todo ese esfuerzo que he hecho - continuó Kia - Toda esa vida se eche a perder por completo porque unos cuantos quieren jugar a dioses del Olimpo - Kia se volteó una vez más hacia Ulysses pero esta vez tenía una mirada que Ulysses no había visto en Kia hasta entonces. Ulysses se incorporó y decidió prepararse - Los dioses del Olimpo somos nosotros - continuó Kia - Por eso, estoy apostándolo todo en ti chiquillo. Yo te enseñaré lo que es verdadera estabilidad y perseverancia - dijo Kia.

Hubo un breve silencio.

Lo único que Ulysses supo decir en respuesta fue - Pero....no sé ni pelear bien - dijo mientras levantaba sus puños.

Kia se echó otra carcajada grandiosa y dijo - De eso nos encargaremos ahora - acto seguido Kia aplaudió una vez y cuatro figuras de las que observaban desde lejos en las gradas aparecieron a cada lado de Kia como si hubieran nacido del aire molécula por molécula. Las dos figuras a la derecha de Kia se veían muy ágiles y en forma, mientras que las dos figuras a la izquierda de Kia parecían más escurridizas.

Este es mi equipo personal - dijo Kia - Conoce a Oxili y Curio - las dos figuras altas delanteras a cada lado de Kia dieron un paso hacia adelante - Y a los primos Caso y Posio - las dos figuras posteriores a cada lado de Kia asintieron con la cabeza e hicieron un ademán en son de burla con las manos creyendo que nadie los veía, cuando algo los impulsó por los aires y cayeron estrellados en la pared - Dejen las payasadas - dijo Kia echándoles una mirada mortal y luego se volteó una vez más hacia Ulysses - Curio se encargará de enseñarte la técnica física del combate mientras que Oxili te enseñará a cómo canalizar y controlar la energía de las habilidades que eres capaz de despertar en esta etapa - explicó Kia mientras los primos Caso y Posio volvían a sus puestos un poco machucados.

Caso y Posio - continuó Kia - Te servirán de compañeros de práctica. Te aconsejo, no te aguantes que son mucho más fuertes de lo que parecen - dijo Kia mientras Caso y Posio se echaban otras pequeñas imitaciones de Kia. Una vez más Kia los envió volando por los aires a ambos estrellándose en la pared posterior tan fuerte que se desintegraron. Poco después volvieron a aparecer en el aire como por arte de magia.

Ahora bien Ulysses - dijo Kia - ¿De adentro para afuera o de afuera para adentro?

Ulysses quedó muy confundido. No tenía idea a qué se refería Kia, pero decidió no pensar mucho en ello antes de que lo tomaran por sorpresa de nuevo - ¿De afuera hacia adentro? - contestó Ulysses inseguro preparado para lo que sea que viniera.

Kia solo dijo - ¡Bien! - Y se volteó hacia Curio, la figura más fuerte y le dijo - Te toca - Curio dio unos pasos hacia adelante y miró a Ulysses con gran intensidad. Curio tenía una armadura muy parecida a la de Ulysses pero de un color metálico muy oscuro, casi negro. A diferencia de Ulysses, la armadura de Curio no reposaba sobre la superficie de su piel, la armadura era su piel. Curio se veía muy sólido, tenía los ojos de todos los demás, un poco más rasgados, con la cara puntiaguda y muy en forma. Lo que parecía ser su cabello se conformaba de unas pelotas de hierro que flotaban sobre su cabeza y le hacían parecer como si fueran trenzas.

Entonces ¿No has tenido experiencia peleando antes? - preguntó Curio con una voz sorprendentemente suave.

Una vez peleé en contra de un vagabundo por una lata de soda - contestó Ulysses - Pero nada profesional - Curio se rió un poco y tumbó la sonrisa de un instante.

Prepárese - ordenó suavemente Curio y Ulysses se preparó - Hace mucho tiempo, para el tiempo de la gran crisis, los brasileños practicaban un arte marcial que tenía el nombre de Capoeira. Estoy seguro que nunca has escuchado este nombre.

S-sí - interrumpió Ulysses tímido - De hecho, aún se practica. Los miércoles y viernes en la plaza de los anaqueles.

Hubo una pausa incómoda. Al parecer Ulysses había estropeado la presentación que Curio tenía preparada como método de transición hacia su práctica.

Bueno, eh...- Curio tartamudeó, buscó la mirada de Kia quien simplemente encogió los hombros - ¡Legal! Entonces... ¿Conoces el ginga, los passagems, esquivas lateral y frente, las resistencias, el Au, Queixada, Armada, Martello y Meia luas? - preguntó Curio casualmente. Pero esta vez era Ulysses quien se había quedado sin palabras:

Eh...- tartamudeó Ulysses y Curio se volteó una vez más hacia Kia quien una vez más se encogió los hombros.

Pasemos a la práctica entonces - dijo Curio estirándose un poco - Te sugiero que hagas lo mismo - Ulysses comenzó a estirar también, imitando los movimientos de Curio.

Al finalizar la sesión de estiramiento Curio continuó - Se necesita mucho tiempo para aprender Capoeira, tiempo que no tenemos, aunque podamos detener el tiempo acá abajo. Para la suerte de los seres humanos, estás aprendiendo del fundador - dijo con orgullo Curio.

¿Tu inventaste el Capoeira? - preguntó Ulysses.

No - respondió Curio - Yo los invente todos - Ulysses estiró un poco más.

Entonces ¿Por qué solo vamos a estudiar el Capoeira? - preguntó Ulysses.

Paciencia primo - respondió Curio con una sonrisa - Hay mucho que aprender del Capoeira, no solo son movimientos y patadas impresionantes, hay una historia detrás de todo esto - explicó Curio - Hay tres etapas de aprender este arte marcial: etapa física, etapa mental y etapa espiritual.

Vamos a dividir la etapa física en tres partes: Defensa, Movilidad y Ofensa - Curio se detuvo un segundo a pensar - ¿Que me falta? - luego de un momento - Ah sí...¡Música! - los primos Caso y Posio aparecieron con un Berimbau y un Abataque y comenzaron a tocar y a cantar - Ahora sí - dijo Curio agachándose para comenzar, Ulysses lo imitó - Comencemos - dijo Curio.

VARIAS HORAS DE ENTRENAMIENTO PASARON. Ya Ulysses estaba completamente exhausto. Él se consideraba un muchacho deportivo, pero hace mucho tiempo que no estaba expuesto a un entrenamiento tan riguroso como aquel. Después de todo, no todos los días se entrenaba con el creador de las artes marciales en la historia de la humanidad. Curio por supuesto estaba como nuevo aún. Habían hecho repetición tras repetición de formaciones de patadas y defensa. Habían comenzado con la base y luego progresado hacia los bloqueos, finalizando con la ofensiva. Curio le había montado una combinación por encima de otra sucesivamente hasta el punto en que Ulysses no sabía cuál movimiento era cuál.

Nada mal - dijo Curio mientras Ulysses intentaba tomar un respiro tirado en el suelo - Nada mal para un principiante. Aún te falta, Ulysses, pero vamos por muy buen camino - Ulysses no tenía ni fuerzas para responderle, simplemente hizo un ademán vago con su mano y la volvió a dejar caer al suelo con el resto de su cuerpo.

Tomate unos cinco minutos y luego continuamos - dijo Curio.

¿Que?! - dijo Ulysses sobresaltado. La sugerencia de Curio fue lo suficiente para levantarlo del suelo - Pero si no puedo más. Ni tan siquiera me puedo levantar del suelo - protestó Ulysses.

¡Vas a estar bien! - le dijo Curio entretenido - Además, ya terminaste conmigo por hoy. Ahora te toca con Oxili y su entrenamiento es un poco más...interno por así decirlo - aclaró Curio - Anda y toma un poco de esa agua de allí - dijo Curio señalando hacia una pequeña cascada que bajaba por la pared rocosa cayendo en un pequeño poso de agua. Ulysses echó un vistazo y aquel pequeño chorro que se filtraba por la pared le pareció un oasis en el medio del desierto. Ulysses tomó fuerzas de donde no las tenía y se dirigió hacia el pequeño poso, hizo un pequeño platito con sus manos y se llevó a la boca el agua que pudo recoger. Tan pronto el agua tocó sus labios Ulysses sintió un escalofrío que le bajó por la esquina dorsal y le marcó todas las venas de su cuerpo: su fatiga había desaparecido.

Agua Maravilla - dijo una voz ronca y distante detrás de Ulysses. Oxili, su próximo instructor se encontraba esperándolo en el espacio de entrenamiento listo para comenzar. Oxili tenía el mismo perfil de Curio, tenía el mismo color metal oscuro corriendo por todo su cuerpo. Oxili era un tanto más áspero que Curio. En vez de partículas de hierro que le flotaban como cabello a Curio, Oxili tenía partículas de Silicio. No tenía armadura como la de Ulysses pero sí tenía una capa larga que parecía de seda. Una presencia muy serena y si no le mirabas los pies parecería que estuviera flotando debido a la ligereza con la que se movía.

Oxili invitó a Ulysses a reunirse con él en el centro para continuar. Una vez frente a frente, y sin decir una palabra, Oxili se sentó en el suelo con las piernas cruzadas. Ulysses hizo lo mismo. Ulysses de momento parecía muy contento porque al parecer al fin iba a tener una oportunidad de tomar las cosas un poco más suaves. Pero cuán equivocado estaba.

El agua que acabas de tomar no solo tiene poderes curativos - dijo Oxili casi en susurro - También tiene poderes místicos. Te ayuda a centralizar la energía de tu cuerpo hasta adentrarte a lo más profundo de tu ser - explicó Oxili - Los maestros pueden hasta canalizar sus vidas pasadas al consumir esa agua. Si algún ser humano prueba de esta agua, correría el riesgo de perderse dentro de sí para siempre y nunca más regresar - Ulysses tragó hondo - Pero no te preocupes, tu eres original, la primera versión de ti que jamás haya existido. Eres hijo de deidades - añadió Oxili - Los seres humanos son mucho más profundos y eternos de lo que ellos piensan. Todo tiene que ver con el ego, y ellos tienen tanto que se les olvida muchas veces lo que es realmente importante. Esto los hace perderse en el mundo, les baja la autoestima y terminan esperando tan poco de ellos mismos que no hay quien los salve. Tú también has sido víctima de esto - dijo Oxili mientras tocaba la punta de la nariz de Ulysses con su meñique. De momento, la vista de Ulysses desapareció. No sabía si tenía los ojos abiertos o cerrados. Era como si se hubiese quedado ciego. Acaso se había perdido, acaso el agua bendita le había hecho más efecto de lo que Oxili pensaba. De momento Ulysses comenzó a ver pequeñas luces aquí y allá que irrumpían en la oscuridad. Era como si querían romper con la viscosidad de la manta negra que le cubría la existencia. Los puntos comenzaron a hacerse más y más numerosos. De un momento a otro habían cientos de estos que brillaban en la oscuridad rodeando la conciencia de Ulysses como estrellas en el cielo. Ulysses volvió a escuchar la voz de Oxili:

Acabas de experimentar lo que sucede cuando tu conciencia se desata de la ilusión - dijo Oxili - Lo que los seres humanos le llaman...muerte.

¿Estoy muerto?! - dijo Ulysses de un salto.

No - contestó Oxili con calma - Veras, no hay tal cosa como una muerte definitiva. Todo eventualmente se transforma.

De la oscuridad Ulysses comenzó a verse a sí mismo, y pudo ver de pie frente a él la figura de Oxili.

Eres eterno Ulysses - dijo Oxili - Debes reconocer la eternidad que vive dentro de ti, así has de hacer un llamado al poder que necesitas para salvar a tus compañeros. Salvarlos de ellos mismos. Solo tú puedes hacerlo. Veamos - Oxili levantó un brazo y trazó en el aire una palabra en sumerio que significaba eternidad. Luego Oxili tomó cada parte de cada letra, las separó y, como si fuera un dios todopoderoso, las ensanchó con los demás dedos al punto en que se habían convertido en monumentos gigantes flotando sobre sus cabezas. Ulysses sentía la inmensidad y la presión de la gravedad que emanaba cada letra.

Lo que ves es importante, pero lo que sientes: esa es la realidad - dijo Oxili - Enfócate en esa realidad y multiplícala, córtala, elévala, rómpela, has lo que quieras con ella, es tuya y eres tu -

Ulysses no estaba seguro si entendía en teoría, pero sí reconocía como real toda aquella energía que se encontraba sobre él.

Hagamos un ejercicio - continuó Oxili - Y como necesitamos resultados, hagámoslo más divertido aún - Ulysses temió la idea que iría a salir de la boca de Oxili - Asume tu base - acto seguido Ulysses tomó la base principal que aprendió con Curio - Ahora vas a tomar toda esa energía que ocupa el aire, siéntela bien, y redirigela en contra. Si no logras empujarla, estas caerán sobre nuestras cabezas...nos aplastaran haciendo puré de nuestros sesos - dijo Oxili calmado mientras se sentaba frente a Ulysses.

Espera... ¿Qué? - ya este entrenamiento era muy extremo pensó Ulysses.

No tomes todo tan a pecho Ulysses- dijo Oxili - Recuerda la eternidad que vive dentro de tí, esa será tu clave - entonces Ulysses comenzó a sentir la presión energética aún más sobre su cabeza. ¿Qué iba a hacer? No sabía cómo salir de allí, estaba atrapado con su maestro, no tenía como comunicarse con el mundo exterior ¿Qué era todo aquello? El temor le congeló los sentidos por un momento. Ulysses se tomó un momento para recordar quienes estaban contando con él. Tomó valentía y asumió su posición de nuevo. Ulysses cerró los ojos e intentó concentrarse puramente en sus sentidos.

Sentir o no sentir - Ulysses escuchó la voz suave de Oxili - La quietud de la conciencia recuperada por el baile entre el hacer y no hacer. El puro balance.

¡Ay ya cállate quieres! - exclamó Ulysses abriendo los ojos de nuevo - Estoy un poco ocupado intentando no ser aplastado - Oxili le sonrió. Ulysses intentó concentrarse de nuevo. De momento las palabras dichas por Oxili le resonaron en su cabeza: "El balance entre el hacer y no hacer....la quietud de la conciencia". Ulysses sentía la presión cada vez más y más fuerte, era como si la energía se estuviera acercando con más rapidez a la medida que pasaban los segundos. Sus reflejos querían abrir los ojos, pero Ulysses luchó para perder la concentración. Sentía el pecho muy apretado, la temperatura había subido, sentía que la cabeza le iba a explotar.

Hacer y no hacer, hacer y no hacer - se repitió Ulysses en la cabeza con la que ya casi no podía pensar - ¡Ahhh! - La presión ya era demasiada ¿Dónde estaba Oxili? ¿En realidad iba a ser aplastado? Seguramente no irían a dejar que nada malo le sucediera.

¡AHHH! - ya no existía concentración alguna en la mente de

Ulysses, no podía abrir los ojos porque ni tan siquiera podía con toda aquella presión ¿Dónde estaba Oxili?

¡OXILI!! - exclamó Ulysses - No.

De momento, como si alguien hubiese apagado un interruptor todo se apagó. Todo alrededor de Ulysses se volvió oscuro una vez más. Esta vez no vinieron pequeñas luces brillantes, solo oscuridad. Ulysses no lograba sentir ni ver su cuerpo, era solo él, solo eso y nada más. No sintió ninguna emoción surgir, nada. Había muerto, Ulysses lo sabía. Había sido aplastado por aquella energía, no había sido lo suficientemente sabio.

Bienvenido - dijo una voz familiar. Era la pequeña señora que le había conducido por la selva - Así que moriste...no importa. Es tu primer día y mira ya todo lo que has hecho.

¿Vives aquí? - preguntó Ulysses un poco confundido - ¿Eres una especie de guía personal?

¿Es que no me reconoces aún hijo? - dijo la pequeña señora. Ulysses observó con más detenimiento el rostro de la pequeña señora cuando al fin la reconoció: Era Nammu.

¡Tú! - dijo Ulysses atando los cabos al fin.

Así es - respondió Nammu siguiéndole el juego - ¡Yo! ¡Haha! ¿Qué tienes hijo?

Pues...no entiendo. Sé que morí pero...tu estas aquí - dijo Ulysses a lo cual Nammu respondió- ¡Exacto! - Nammu miró hacia el horizonte completamente oscuro, y luego a Ulysses.

Ulysses moriste...pero moriste entre nosotros. En nuestro mundo - dijo Nammu - Es muy distinto a si mueres allá en el reino de los seres humanos. Todo depende de la energía que se crea y se coseche. Los seres humanos son muy inmediatos e inconstantes. En cambio acá, probamos más de la eternidad con elegancia - explicó Nammu - Lo mismo sucedería si murieras en cualquier otro espacio donde se cultive lo magnífico. Pero claro, tiene que haberse cultivado dentro de tí primero. Y por eso has dado un paso muy importante en este entrenamiento. Al morir tu ser se consume con toda aquella energía causante de tu desmayo. Ahora se te hará más fácil reconocer y utilizar toda esta energía cuando se te presente - terminó Nammu.

¡Pero si morí! - recalcó Ulysses.

Como te subestimas hijo - dijo Nammu - ¿Acaso olvidas que eres uno de nosotros? La muerte para nosotros no significa el final, sino el comienzo. Así que felicidades - dijo Nammu con una sonrisa cálida. Y en un abrir y cerrar de ojos Oxili se encontraba con ellos. Ulysses pudo ver poco a poco que los destellos de las luces brillantes volvieron a aparecer y pudo ver su cuerpo de nuevo. Nammu le dijo adiós con su pequeña mano y se desapareció en la distancia. A lo lejos escuchó su voz decir una vez más: ¡Recuerda, eres capaz de cosas tan grandes!

Muy bien - dijo Oxili - Continuemos - Ulysses se preparó una vez más. Toda su preparación comenzó a emanar de él.

¿Ves todos esos puntos coloridos en la distancia? - preguntó Oxili y Ulysses asintió - Quiero que te concentres en cada uno de ellos y los hagas girar - Así hizo Ulysses.

Ulysses observó en la distancia, sintió reunir los destellos de luces, como estrellas en un borrador, mientras les ordenaba girar. Sin mucho esfuerzo, las luces comenzaron a girar como ruedas en alta velocidad.

Ahora abre los ojos - dijo Oxili. Esto le tomó por sorpresa a Ulysses ¿Cómo abrir los ojos? - Abre los ojos Ulysses - dijo una vez más Oxili y así Ulysses hizo. Cuando volvió a ver, Ulysses estaba de vuelta en aquella esfera rocosa sentado en el suelo con sus piernas cruzadas. Oxili estaba de pie a su lado, Ulysses miró su cuerpo para comprobar que aún estaba allí y vio que de sus tatuajes brillaba una constante luz. Sintió su vista mucho más clara y enfocada. Fue a mirarse en el reflejo de uno de los pequeños pozos de agua y con gran sorpresa descubrió que tenía los mismos ojos que los dioses: negros en la esclerotica con un color muy brillante en el iris - Pero... ¿Y qué le pasó a mis ojos? - preguntó Ulysses - Ese es uno de los sellos de tu deidad - contestó Kia acercándose - Los ojos son el reflejo del alma. Por eso al "morir" tu humanidad, dejaste atrás el vacío de un alma oculta para irradiar por tus ojos el gran poder del dios que vive en ti - Ulysses se volteó de nuevo al campo de entrenamiento y notó que todas aquellas luces que brillaban y que había hecho rodar en la oscuridad eran miles y miles de pedazos de plástico volando en el aire, girando con gran velocidad.

Felicidades - dijo Kia con una gran sonrisa - Continuemos.

10

ESCLAVOS

De vuelta en la ciudad, Manuel se encontraba perdido. Había adoptado una indumentaria para mejor camuflarse entre los demás ciudadanos. Aunque ya nada de eso valía la pena en realidad. Había pasado alrededor de una semana luego de que el tercer y último día del Festival de los dioses hubiera terminado. Se habían reportado ya repentinas desapariciones a lo largo de la ciudad, lo suficiente como para causar un estado de pánico entre los ciudadanos. La razón aún era desconocida para todos, para todos excepto para Manuel. Manuel se sentía atrapado entre la espada y la pared. Primero no se podía revelar ya que así no recibiría ayuda, los WEALTH no eran muy populares en aquella comunidad y segundo la guardia lo podría encontrar. Manuel también temía por su hijo Constantino, pero tenía que tomar acción cuanto antes. La cosa no pintaba bien. La situación estaba empeorando a una velocidad alarmante. Manuel sabía que si se iba a mover debería hacerlo desde adentro pero aún no encontraba forma de cómo hacer los aliados para realizar algún movimiento.

Manuel se encontraba viviendo debajo de un puente como

parte de una comunidad de vagabundos de la ciudad. Tenía la idea que entre estas comunidades encontraría la verdad o por lo menos alguna pista comprometedora sobre dónde se podría encontrar la base del monumento que serían obligados a construir. Varios miembros de aquella comunidad donde Manuel se había establecido habían desaparecido también. Pero ¿Hacia dónde? Durante el tiempo que había estado allí y desde que llegó a la ciudad, Manuel estaba buscando ganarse la confianza de los que le rodeaban. Esa noche planificaba introducir el tema para ver si conseguía algo. Por las noches los vagabundos siempre se reunían en un círculo para comer lo que habían encontrado durante el día. Todos allí compartían los unos con los otros. A pesar de las circunstancias Manuel estaba sorprendido de lo civilizados que podían ser en los niveles más marginados de la sociedad.

Manuel planificaba preguntarle a su amigo Joabe, sentía mucha afinidad con él. Joabe era un joven que había perdido su hogar al perder a su familia. La familia de Joabe fue víctima de un parásito muy contagioso que era común en aquellos tiempos causado por las pobres condiciones de vida. Como no tenían mucho dinero, no podían costear la atención médica requerida. Joabe fue el único que pudo resistir por sí solo. Tenía la piel rojiza, los ojos morados y el pelo de raíces naranjas con las puntas amarillas. Era muy bueno en la calle como todo joven lleno de energía y astucia. Era uno de los que más aportaba en aquella comunidad de vagabundos y, por ende, el más que se enteraba de las cosas.

Compañero, ¿llegaste a atender al festival? - preguntó Manuel a Joabe.

¿Cómo no? - contestó Joabe muy jovial - Es casi imposible no ir. Está por todas partes.

Supongo - contestó Manuel. Esto era peor de lo que esperaba.

Me encontré con unos amigos, hicimos un poco de hongo para disfrutar un poco más y luego volví tan pronto todo terminó.

¡Que bien! - respondió Manuel fingiendo entusiasmo. Jamás había hecho drogas en su vida. Luego se aventuró a investigar un poco más - Esto de las desapariciones luego del festival, un poco escalofriante ¿No? - preguntó casualmente Manuel.

¡Sí! Parece de película - dijo Joabe un poco asustado, luego bajó un poco el tono de voz - ¿Ves ese pastel de chocolate que conseguí? - dijo Joabe señalando un enorme bizcocho de chocolate en la mesa donde todos colocaban la comida - El muchacho de la panadería a la que voy regularmente, me dijo que vio unas personas corriendo por la ciudad en dirección a los túneles que se encuentran en los límites de la ciudad.

¿Ah sí? - preguntó Manuel intrigado - ¿Hace cuánto los vio?

Tan pronto como anoche - respondió Joabe.

¿Anoche? - preguntó Manuel e intentó disimular su intriga un tanto para que su nuevo amigo no sospechara nada - ¿Conoces donde se encuentran estos túneles?

¿Que si conozco dónde están?! - preguntó Joabe mientras se echaba una carcajada - Conozco esta ciudad mejor que mis órganos interiores. ¿Cómo crees que puedo conseguir tantas cosas? - dijo Joabe.

¿Y será que...será que me pudieras llevar hasta allá mañana? - preguntó Manuel con precaución.

Joabe miró a Manuel por un momento como investigando sus intenciones, pero luego de un momento breve le dijo - ¡Seguro hermano! ¡Será una mega aventura! Me encantan las aventuras.

Sí, y a mí - dijo con ironía Manuel - Entonces mañana, más o menos por la tarde.

Bien, sí mañana en la tarde te encuentro frente a la Ceiba - dijo Joabe.

———

El tiempo corrió demasiado lento para Manuel. Estaba muy nervioso, no sabía exactamente a lo que se iría a enfrentar, o si lo iba a encontrar, y si lo encontraba con qué fuerzas iba a contar para enfrentar aquel problema tan grande. Fuera lo que fuese, tendría que ser valiente. El recuerdo de su hijo le ayudaba. La idea de redención ante sus ojos era lo más que anhelaba, le daba fuerzas. Manuel sabía que su hijo no estaba completamente perdido, ni él tampoco.

Al día siguiente, como habían planificado, Manuel y Joabe se encontraron frente a la gran Ceiba. De allí Joabe guió a Manuel hasta las afueras de la ciudad por decenas de callejones y atajos secretos. Finalmente llegaron al lugar - Los túneles se encuentran allá un poco más adelante - dijo Joabe haciendo referencia a unos almacenes gigantes que guardaban la entrada de los túneles subterráneos.

Esperemos un poco a ver si logramos ver a alguien - sugirió Manuel y así hicieron. Pusieron en práctica lo que ya conocían y crearon una especie de refugio en la calle y con unos escombros formaron una barricada donde se escondieron a esperar.

Horas pasaron y aún nada, Manuel ya estaba comenzando a dudar del credencial de su amigo mientras este se echaba una siesta cansado ya de esperar. Esto le pareció una buena idea a Manuel después de un momento de consideración, quizás tendría suerte más tarde. Y así sin darse cuenta, Manuel se durmió en la espera y con la esperanza de que abriría sus ojos al escuchar el más mínimo ruido.

Varias horas después, ya era de noche, cuando Manuel abrió los ojos repentinamente. Se había quedado tan dormido que ni reconoció dónde se encontraba por un momento. Cuando al fin se despertó recordó a su amigo Joabe. Manuel miró alrededor y no vio a su amigo. Temió lo peor. ¿Cómo no logró escuchar cuando su amigo partió? Era con quien único contaba en esa ciudad y lo había perdido. ¿Cómo pudo haber sido tan descuidado? De repente Manuel escuchó algo, y se escondió para no ser descubierto. Vio a lo lejos como se acercaba una gran multitud de personas. Todos venían corriendo y de un salto pasaron por encima de una verja de seis metros que los separaba de los almacenes que guardaban la entrada de los túneles. Esto le aturdió los sentidos a Manuel. Este se aseguró de estar bien escondido. Las puertas de los almacenes ya se encontraban abiertas pero no vio a ningún miembro de la guardia por todo aquello. Manuel observó con detenimiento y asombro como el efecto psicomolecular había convertido a estas personas en un tipo de superhumano. Manuel observó detenidamente por si llegaba a ver a su amigo Joabe entre los esclavizados pero recordó que estando tan cerca, de haberse ido, Joabe tuvo que haber sido uno de los primeros en llegar a los túneles.

¿Esto era lo que estaba sucediendo todo este tiempo? Manuel quiso investigar más a fondo, así que esperó que aquella ronda de personas pasara para ver cómo cruzaba al otro lado de la verja. Manuel logró encontrar un hueco en la verja por una esquina que le dio acceso hacia los almacenes. Tuvo mucha cautela para no ser descubierto por nadie, no sabía de que más eran capaces estos seres humanos estando esclavizados psicomolecularmente. Manuel pasó por la entrada de los almacenes muy despacio para que le diera tiempo para no ser descubierto. Por dentro estaba todo muy oscuro, y a la medida que se adentraba más Manuel escuchaba con más claridad una especie de zumbido metálico que le causaba escalofríos. Era como si el sonido se le metiera por todos los sentidos y le alterara el rumbo de su sangre. Manuel quiso regresar y salir de allí pero pensó en su hijo una vez más, tomó valor y se adentró más en aquel túnel inmenso. Poco a poco sus ojos se iban ajustando a la oscuridad y Manuel tuvo una mejor percepción de por dónde pisaba. Camino por más tiempo de lo que pensaba que iba a caminar y pensó por un momento estar perdido. Manuel continuó siguiendo aquel sonido escalofriante, temiendo lo peor. Así fue. Cuando el zumbido estaba en su máximo auge, de repente un claro se abrió a su izquierda y Manuel vio la esclavitud a plena vista: Lo que parecía un panal de abejas, era un tumulto de personas conglomeradas, pegadas unos encima de otros. Era como una gran masa amorfa alrededor de una estructura a la que ellos mismos, incansablemente y con afán desenfrenado trabajaban. En el aire circulaba una peste indescriptible y Manuel se dio cuenta de dónde venía. Pudo ver que en el suelo habían charcos de eses fecales y orín. Por si fuera poco, el horror por poco le reventó el corazón a Manuel cuando vio tirados en algunas esquinas cadáveres de personas. Manuel dedujo que estos debían de ser los cuerpos de las personas que no habían cesado de trabajar y cayeron allí desplomadas.

De momento Manuel tuvo la aterrante sensación de que alguien lo estaba mirando. Precisamente se dio cuenta de que uno de los esclavizados se había fijado en su singular figura perdida en aquel limbo terrenal. Manuel no supo qué hacer, el esclavizado que lo había descubierto se enfocó solo en él. Para colmo de males, de repente apareció un señor que Manuel vio, que según su físico claramente pertenecía a la sociedad WEALTH con una bata blanca, casco y una libreta que también se había dado cuenta de la presencia de Manuel. Ese tiene que ser uno de los encargados, pensó Manuel. Como si hubieran encendido una máquina, el esclavizado comenzó a correr tras Manuel sin romper su contacto visual. Manuel aterrado echó a correr de vuelta hacia la salida del túnel ¿Cómo saldría de aquel apuro? Manuel no sabía que eran capaz de hacerle en ese estado aquellos esclavizados, lo que sí sabía Manuel es que aquel esclavo se le estaba acercando con gran velocidad mientras él apenas podía acelerar la suya que no era muy veloz. Justo cuando estaba a punto de salir por las puertas del almacén, como por obra y gracia del Universo otra ronda grande de esclavizados irrumpió por la puerta corriendo en dirección contraria hacia los túneles, Manuel se echó hacia un lado justo a tiempo y el grupo de esclavizados, ciegos por su afán, tumbaron y pisaron al esclavizado que lo venía siguiendo.

Manuel tomó esa oportunidad para salir de allí lo más rápido que pudo. Pura adrenalina corría por sus venas. No quiso mirar hacia atrás ni por un instante, ya la verja estaba destruida por tanta gente que le había pasado por encima. Manuel siguió directo por la salida y justo cuando no esperaba más escuchó alguien que lo llamó desde lejos - ¡Manuel! - Era Joabe.

¡Joabe! - exclamó Manuel muy confundido - Pero...pero si tu. No puede ser - Manuel se fijó en el rostro de Joabe que tenía una expresión de horror como el que él sentía - ¡Vamos! - dijo Manuel, y ambos salieron de allí lo más rápido posible.

Joabe lo volvió a dirigir por entre pasadizos y callejones por los que nadie pasaba, o al menos que ellos creían. Manuel y Joabe iban muy deprisa, la ansiedad y el miedo le salían por los poros. No sabían hacia dónde se dirigían, temían volver a su comunidad de vagabundos bajo el puente, no sabían si estos se encontraban allí aún y tampoco querían toparse con sus compañeros ya poseídos. Manuel guardaba el suspenso en silencio. Aun pensaba que en cualquier momento su amigo Joabe cambiaría de estado. Entonces ¿Qué haría? Dieron muchas vueltas hasta que encontraron un pequeño plano entre dos edificios de apartamentos y allí reposaron. En la euforia habían pasado por tantos callejones que hasta el mismo Joabe se encontraba medio desorientado. Tomaron un respiro, cuando ya se sentían un poco más tranquilos para poder comenzar a procesar su experiencia escucharon que en su dirección se acercaban unos pasos por otro de los callejones. No podia ser. Manuel se habia asegurado de que estuvieran bien escondidos ¿Acaso los rastrearon? Joabe y Manuel se prepararon, buscaron por las esquinas y por el suelo algo con que defenderse. Los pasos se hacían cada vez más fuertes mientras Manuel y Joabe se preparaban para su emboscada improvisada.

Apareció repentinamente un grupo de cuatro jóvenes que promediaban los treinta años. Todos estaban vestidos con un mismo uniforme de construcción.

¡Cuidado Carlos! - gritó Martirio viendo que Manuel estaba listo para darle con un palo por la cabeza, pero Carlos se detuvo a tiempo y esquivó el intento de Manuel. Lamentablemente no fue el caso con Joabe cuando este le dio de lleno en la pantorrilla con un pedazo de metal lanzando a Carlos patas arriba. Fue entonces que Joabe se dio cuenta del error que había cometido. Martirio entonces llena de furia le brincó encima a Joabe y comenzó a llenarlo de golpes por la cabeza hasta que los dos cayeron al piso.

¡Paren!!! - gritó con fuerza Manuel y Martirio y Joabe se retiraron el uno del otro. Todos se miraron un instante y tomaron la oportunidad para reconocer que no eran enemigos.

Unos momentos después todos estaban sentados hablando, compartiendo sobre lo que habían visto, confundidos porque no sabían qué estaba sucediendo y cuál era la causa. Aparentemente ya se había convertido en una especie de pandemia, ya no eran solo algunas desapariciones. La situación había escalado de un momento a otro de forma repentina. Los jóvenes habían mencionado lo tristes que se sentían al ver familiares y otros amigos cercanos desaparecer de la nada.

Para mí todo comenzó cuando volví a casa después del trabajo - dijo Carlos - volví y nadie estaba en casa. Me pareció muy extraño. Llamé a mis hermanos a sus móviles pero no los conseguí. Me asomé a la ventana a ver si los veía en la calle y entonces logré ver a uno de ellos. Le grité pero no contestó a mi llamado. Decidí ir a buscarlo, pero cuando bajé a la calle para confrontarlo, ya no estaba - dijo Carlos - En ese momento me di cuenta que un grupo de personas iba corriendo calle abajo, como si fueran una manada de animales. Intenté seguirlos pero iban demasiado rápido. Ahí fue que me convencí que algo andaba muy mal. Llamé a mis colegas y poco a poco nos reunimos - dijo Carlos refiriéndose a sus compañeros - Y aquí estamos.

¿Ustedes asistieron al festival juntos? - preguntó Manuel.

Sí - contestó Carlos - Otro compañero más estaba con nosotros. Se llama Ulysses, pero tampoco nadie ha sabido nada de él luego del festival.

Terminó en el hospital esa noche el pobre - añadió Martirio. Esto le llamó la atención a Manuel.

¿Cómo terminó en el hospital? - preguntó Manuel

Bueno - dijo Martirio con un poco de timidez - Hicimos un poco de hongo, como hacemos todos los años, para ver el festival. Hace que las luces se vean mucho más brillantes ¿sabes? No nos juzgue.

¡Ah! Yo también hago eso - dijo Joabe riéndose.

¿Sí? Bueno el próximo año deberías acompañarnos - dijo Martirio a Joabe, luego continuó con la historia - Bueno, pues como era la primera vez que Ulysses compartía con nosotros fuera del trabajo pues decidimos compartir con él nuestra tradición para hacerlo sentir más bienvenido. Y no sé que le dio que se desmayó y lo tuvimos que llevar al hospital - dijo Martirio.

Creo que el doctor luego nos había mencionado que tenía una condición en la sangre o algo por el estilo - dijo Jose Medina que se había mantenido muy callado hasta entonces.

Manuel sintió una terrible obligación de compartir lo que

sabía, era la única manera de progresar hacia alguna dirección. Esta era su oportunidad para hacerlo. Algo tenían en común aquel grupo que de alguna manera era inmune a los rayos psicomoleculares, o si no, al paso que iban las cosas, ya hubieran cambiado de estado.

Debo confesarles algo - comenzó Manuel - No soy quién piensan que soy. Y se que no es lo ideal escuchar estas palabras en este momento, pero solo revelándome entenderán que lo que les dire es solo la verdad y nada más que la verdad - Manuel tomó este momento para despojarse de su indumentaria descubriendo su verdadero estado, su piel de tez blanca con su pelo oscuro y sus ojos marrón - Mi nombre es Manuel de Souza y soy miembro de la comunidad WEALTH de la ciudad Río de Janeiro.

Los muchachos se encontraron muy sorprendidos al ver esto e inmediatamente se mostraron incómodos con su presencia - Por favor denme una oportunidad para explicarme - dijo Manuel en seguida - Sé que las comunidades a las que pertenecemos no se relacionan normalmente, pero por eso estoy aquí. Quiero ayudar a cambiar todo esto. Ayudándolos - los muchachos aún incómodos se prestaron a escuchar - Yo sé quién está detrás de todo esto.

Manuel continuó a explicarle a los jóvenes de cómo funcionaba la comunidad de los WEALTH y de cómo percibían a la otra mitad de la sociedad que vivía debajo de ellos, como todas las sociedades WEALTH los consideraban verdaderamente. Manuel les explicó quién era el líder, cuál era su plan de construir un monumento en su gloria y cómo lo iría llevar a cabo.

Eso fue lo que descubrí en los túneles - dijo Manuel - Eso es lo que deben de estar construyendo. Nunca había visto semejante comportamiento.

Honestamente no me sorprende - dijo Carlos cabizbajo - En el proceso de construcción en ocasiones he trabajado brevemente con algunos de estos magnates y no les importa lo que nos queda de mundo si significa erigir un nuevo edificio. Siempre nos han tratado como esclavos - los demás estaban muy de acuerdo con Carlos y Manuel sobre la triste realidad de que su sociedad había sido derrotada ya hace mucho.

Entonces hay que pelear - dijo Maco que no había dicho nada hasta entonces. Su repentina propuesta impresionó hasta Martirio - Hay que dar la batalla - todos estaban de acuerdo.

¿Pero cómo sabemos que todo esto no es una falsa? - preguntó Jose desde su esquina - ¿Como sabemos que todo esto no es un cuento que usted nos ha montado para aprovecharse de aquellos que aun no nos hemos...convertido en "zombies"?

Manuel no tenía respuesta, no sabía cómo comprobar, estando allí, dejando su hogar, su comunidad, a su hijo que era la única familia que le quedaba en el mundo, de qué otra manera comprobar que estaba de su lado.

Yo puedo asegurar que Manuel está con nosotros - contestó Joabe - Sé que solo lo conozco de hace una semana, pero nadie se hubiese metido a ese túnel. Definitivamente yo no me hubiese metido - dijo Joabe nerviosamente - Sin mencionar que se enfrentó a un grupo entero de estos..."zombies", sí se les puede llamar así - Manuel se sintió muy conmovido de que Joabe abogara por él. Nadie lo había hecho desde hace tanto, que se había olvidado lo que es sentir cariño. ¿Qué había estado haciendo todos esos años entre los WEALTH? Entre la otra mitad, la otra sociedad, allí es donde pertenecía.

Que propones entonces...compañero - dijo Carlos y Manuel sintió finalmente un sentido de pertenencia registrándose en su alma.

Bien - dijo Manuel con motivación - Enfoquémonos en soluciones. Por ejemplo, sabemos que a este punto todo el que haya sido expuesto a las luces del festival ya se supone que haya hecho la transición de estado. Por alguna razón, aún desconocida, ustedes no. Eso quiere decir que algún compuesto en sus cuerpos es responsable de que sean inmunes. Joabe, ¿cuántos años dijiste que tenías? - preguntó Manuel - Veintinueve - contestó Joabe - Muy bien - dijo Manuel - ¿Qué tal ustedes? - le preguntó Manuel a los demás.

Treinta años - contestó Carlos - Veintiocho - contestó Martirio - Veintinueve también - contestó Maco - Treinta y tres - contestó por último Jose.

La edad del grupo puede ser una constante - dijo Manuel - Hay que comenzar buscando otros jóvenes que estén entre estas edades. Si no se han convertido hasta ahora, dudo que vayan a hacer la transición luego - explicó Manuel - Otro hecho es que sabemos que pueden ser agresivos con aquellos que reconozcan estar fuera de su estado. No sabemos si llegarían a asesinar a alguien, pero es un riesgo que tendremos que tomar mientras investiguemos más a fondo, por eso debemos encontrar y hacer aliados cuanto antes - A este punto el temor era completamente visible entre los jóvenes, pero se encontraban determinados a salvarse. A sí mismos y a sus compatriotas - Si el temor les abarca la conciencia, aférrense al amor que le tienen a sus seres queridos. Es lo que me ha ayudado a mí hasta ahora - Y con esto Manuel terminó. Luego Manuel y los jóvenes diseñaron un plan de rescate que se componía en dividirse en tres grupos de dos para cubrir más espacio. Se aparearon según su conocimiento en las diferentes áreas de la ciudad. Entonces quedaron Manuel con Jose, Joabe con Martirio y Carlos con Maco. Los grupos se iban a mantener en comunicación utilizando sus propios móviles y cualquier otros dispositivos de comunicación que se encontraran en el camino para evitar ser rastreados por la guardia. Joabe les hizo un mapa con todos los callejones y pasadizos secretos de la ciudad para evitar ser vistos, y Jose y Martirio marcaron todos los puntos de droga donde se pasaban mayormente los jóvenes de su edad esos días. Utilizarían el gran árbol de Ceiba como punto de encuentro y como base inicial. El plan era reclutar la mayor cantidad de jóvenes no infectados posible, informándoles de los sucesos y ofreciéndoles asilo. El código que utilizarían sería "Maneiro" para reconocerse en las llamadas. Mantenerse juntos era la clave, después de todo era con lo único que contaban ¿no?

11

XX

¡De nuevo! - dijo Kia mientras Ulysses se tambaleaba. Estaba agotado ya no podia mas. Quizás era uno de esos días, o una de esas semanas, o uno de esos meses. La realidad es que a Ulysses últimamente no le estaba yendo muy de maravilla. No sabía si fue el cambio repentino de energía con el que tenía que lidiar debido a su transformación, o si era un problema mental. Cada vez que entrenaba sentía que más preguntas se le formaban en la cabeza. Preguntas sobre el origen de aquellos dioses, del origen de sus poderes, del porque si tenía madre, pues tenía que tener un padre. En ese momento una enorme roca venía de camino lanzada por Kia. Ulysses apenas la esquivo. Durante esos últimos meses estaban practicando líneas de defensa. Y honestamente era un aspecto del entrenamiento que se le estaba haciendo muy difícil a Ulysses. Los atributos físicos con los que contaba no eran tan grandes así como los de Kia como para levantar enormes paredes sólidas. Y en eso era lo que se especializaba Kia, en defensa.

Kia le estaba enseñando a Ulysses una técnica de defensa que requería gran cantidad de energía pero que si la lograba no necesitaría nada más para defenderse. Sería tan fuerte que haría falta casi una bomba atómica para poder tan siquiera penetrarla. Era sencillo, consolidar las piezas de plástico con las que contaba de forma tan sólida que no existiera espacio para ningún otro átomo. Lo difícil era concentrar la materia a ese punto que yacía fuera de comprensión para la mente de Ulysses. Ya llevaban varios meses intentando perfeccionar esta técnica sola.

Por poco te aplasto con esa chiquillo - dijo Kia - ¡Ten cuidado! Recuerda: perseverancia, fuerza y resistencia. ¡Perseverancia, fuerza y resistencia! - repitió Kia mientras lanzaba otra gran roca. Pero esta vez Ulysses ya no pudo ni levantar los brazos y la roca venía directo a su rostro cuando ¡BOOM! Esta le dio de lleno en la parte frontal de su cuerpo llevándoselo consigo por el aire casi aplastandolo en la pared que quedaba a sus espaldas. La única razón porque no lo terminó de aplastar fue porque uno de los gemelos, Caso, se había percatado del accidente a tiempo y había desmantelado la roca con antelación al choque definitivo. Kia corrió hacia Ulysses para verificar su estado mientras Badur descendió de las gradas con un frasco de cristal pequeño lleno de lo que parecía ser un líquido color púrpura. Retiraron los pedazos de roca que quedaban encima de Ulysses, mientras Badur levantaba su cabeza con mucha delicadeza para darle de beber del agua púrpura que tenía en el frasco. Ulysses apenas podía abrir los ojos un tanto, Badur le asistió abriéndole la boca con suavidad mientras le daba de beber. Cuando se terminó el líquido, Badur volteo su mirada a Kia - L-lo siento - balbuceo Kia - Pensaba que lo tenía bajo control - se explicó Kia - No pasa nada - dijo Badur. De momento Ulysses abrió los ojos completamente e intentó incorporarse. Badur lo ayudó - Venga, tómate un descanso - le dijo Badur a Ulysses mientras lo escoltaba fuera del campo de entrenamiento.

Una de las paredes de la esfera se abrió dando paso a un

túnel oscuro por donde Badur y Ulysses pasaron. Una vez adentro, la pared se cerró detrás de ellos. Las paredes dentro del túnel tenían incrustadas miles de piedras preciosas que comenzaron a brillar y le dieron luz al sendero que seguían. Era un espectáculo. Con el Universo abierto para él desde el exterior Ulysses pensaba que lo había visto todo. Pero ni siquiera se imaginaba que una vista como esta fuera posible - ¿Te gusta? - le preguntó Badur a Ulysses, pero Ulysses no contestó. Tomó por su silencio una respuesta afirmativa - ¿Qué es este lugar? - al fin preguntó Ulysses - Me gusta venir aquí cuando quiero estar a solas. Pensar, tomar tiempo para mi. Eres el primer ser a quien le enseño este lugar - Ulysses de momento sintió que su conexión con Badur se hacía más fuerte. De todos los seres a quien había podido llevar allí, lo llevó a él. Continuaron caminando en silencio por el sendero, admirando los miles de colores de las piedras preciosas hasta llegar a una cueva inmensa con más piedras preciosas que lanzaban decenas de colores por el espacio y le daban la impresión a Ulysses una vez más de que estaba en un sueño. Ulysses se detuvo para apreciar la cueva entera mientras Badur se adelantó un poco a la orilla de lo que parecía ser un río dentro de la cueva. Ulysses observó como Badur se sentó en la orilla mientras contemplaba el agua cristalina. Parecía sumergida en sus pensamientos. Ulysses decidió acompañarla - ¿Qué fue aquella agua que me diste? ¿Agua maravilla? - le preguntó Ulysse a Badur mientras también observaba el agua del río. Badur sonrió y le dijo - No...algo mejor - Pero ¿Que podía ser mejor que el agua maravilla?, penso Ulysses.

Esta - dijo Badur tomando un poco de agua del río en la mano - ¿No es la misma? - preguntó Ulysses - No - contestó Badur - Veras, hay diferentes tipos de agua en este planeta y cada una tiene sus propiedades especiales - continuó - No solo existe la que conoces del exterior - termino Badur. Diferentes tipos de agua. Ulysses ni se podía imaginar las posibilidades. Apenas poseía conocimiento del agua que tenía a su alcance en la ciudad - Pero no le des mucha cabeza a eso - Lo sorprendió Badur en medio de su pensamiento - Ya te tocará entrenar conmigo. Asi aprenderas todos los recursos que tienes a tu alcance - La realidad era que Ulysses apenas estaba conociendo ese mundo aun. A pesar de llevar varios meses ya allí metido - Entonces, ¿Cómo se llama esta agua? - le preguntó Ulysses a Badur - No tiene nombre - le contestó Badur. Esto tomó de sorpresa un tanto a Ulysses. Todo en aquel mundo parecía estar en su sitio. Todo muy bien estudiado.

Badur - dijo Ulysses - ¿Cuántas veces te he dicho que me llames mamá? Es hora de que te vayas acostumbrando - lo interrumpió Badur con una sonrisa - Es cierto - contestó Ulysses ruborizado. Se le hacía difícil aún a Ulysses entender que tenía familia - Ba-. Ma...má, ¿Por qué me has traído aquí? - le pregunto Ulysses a Badur - Como dije...para que te tomaras un descanso - Contestó Badur pero vio en los ojos de Ulysses ese anhelo de respuestas - Queria que fueras el primero que entraras aqui...ademas de mi - le dijo Badur a Ulysses - Este fue el lugar donde cree el primer cuerpo de agua en este planeta. Fue mi primer hogar cuando llegué - explicó Badur - ¿Cómo que cuando llegaste? - le preguntó Ulysses un tanto confundido. Pero entonces recordó cuando Kia le explicó su origen - No somos de este planeta Ulysses - le recordó Badur - ¿Recuerdas la última conversación que tuvimos en el exterior cuando Ag hizo referencia a otras partes del Universo? - ¿Cómo lo podía olvidar?, pensó Ulysses. Recordaba cada detalle de lo que le decía Ag con gran fuerza - En cada planeta al que una vez pertenecimos, del que venimos, alguna vez sufrió los mismos estragos de corrupción por los que hoy día sufre este planeta....y nosotros fuimos sus "revolucionarios" - explicó Badur - Fuimos exiliados por una federación de líderes en nuestras respectivas galaxias. La galaxia en la que se encuentra este planeta es una de las pocas que aún no posee dicha federación - Ulysses cada vez parecía más anonadado. No quería interrumpir pero sentía que tenía tantas preguntas - ¿Nada más por ser revolucionarios fueron exiliados? - Preguntó Ulysses - No todos por las mismas razones - contestó Badur - Pero de alguna manera u otra nos rebelamos en contra del poder que nos oprimía. Y por ende nos enviaron a uno de los lugares más remotos de la galaxia con el mismo propósito de desarrollar vida. Con el propósito de redimirnos y probar que nuestras intenciones eran las mejores para la sociedad en la que vivíamos - Ulysses no podía creer que la galaxia a la que pertenecía el planeta tierra fuera considerado como un lugar subdesarrollado dentro del Universo, después de todo los seres humanos habían cultivado la idea desde hace tanto tiempo de que eran la única vida inteligente que podía existir en el Universo. Quizás los WEALTH debían escuchar esta verdad, quizás todos los seres humanos deberían escuchar. Así ayudaría un poco a desmantelar el ego - Pero...¿No fueron ustedes los responsables de la gran catástrofe? - preguntó Ulysses - Así es - contestó Badur - ¿Qué los llevó a destruir lo que ya habían construido? - volvió a preguntar Ulysses - Era necesario comenzar de nuevo Ulysses. Si te dijera que la sociedad que se estaba desarrollando era peor que esta ¿Me crees? - le preguntó Badur - Pero...¿Y toda esa gente que murió? - preguntó Ulysses un poco frustrado - Era eso o exterminación - contestó Badur - La muerte de los seres humanos no es lo que crees hijo - continuó Badur - Entonces ¿Por qué insistir? ¿Por qué crearme a mi? Porque querer salvarlos del todo? - preguntó Ulysses. Entonces vio que era la única verdadera pregunta que le había hecho a Badur hasta entonces. Ulysses pudo ver en los ojos de su madre que la respuesta a esa pregunta era incluso más profunda que el amor ella sentía por la humanidad entera - Otro día tendremos esa conversación - contestó Badur con media sonrisa. Y Ulysses no sabía si era parte de la piel de su madre con sus propiedades, pero juro ver una lágrima escurrirse por su mejilla - Como te dije, ya me tocara a mi entrenarte - Y con esto le brindó la usual sonrisa amorosa que siempre le tenía guardada.

Ulysses volvió a recordar el entrenamiento y lo difícil que se le estaba siendo. Pensaba que con su nueva forma de dios el entrenamiento se le haría un tanto más llevadero pero no era así. Sentía que cada vez iba perdiendo más el sentido de lo que se supone que estuviera haciendo. Badur se dio cuenta del cambio de estado de Ulysses - Ulysses...¿Cómo te sientes con tu preparación? - le preguntó. Ulysses reflexiono un tanto más y dijo - No sé lo que estoy haciendo - contestó con honestidad - Entiendo las instrucciones pero no soy capaz de llevar a cabo la acción completamente...es como si me faltara algo - dijo Ulysses - ¿Que? - le preguntó Badur pero Ulysse se quedó pensativo - Cinco, cuatro, tres - Badur comenzó a contar y Ulysses no entendió - Eso no va a funcionar. Es un mal truco - dijo Ulysse mientras Badur se le sentaba al lado y seguía contando - dos, uno...- De momento un pensamiento tan claro como el río de aquella cueva se le apareció en la mente a Ulysses. Se incorporó y dijo - Perspectiva...necesito Perspectiva - dijo con entusiasmo - Nunca falla - dijo Badur sonriente en referencia a su truco - No entiendo lo que es ser un dios - continuó Ulysses. Las ideas se le estaban haciendo más claras al fin - siento que es demasiado para que mi mente pueda entender cuánto poder reside dentro de mi. ¿Cuál es la lógica detrás de tanto poder? ¿Tanta fuerza? ¿Cómo ustedes pueden hacerlo? - preguntó Ulysses con entusiasmo - Bueno...primero que nosotros hemos tenido años y años de práctica - comenzó a decir Badur - Pero la realidad es que hay un principio que como dios, no se puede olvidar. La virtud de la paciencia. ¿Acaso crees que toda el agua que reside en el planeta siempre ha estado ahí? Por supuesto que no. Me toco a mi años y años cultivarla, amarla y desarrollarla hasta que se convirtiera en lo que es hoy. Al igual que Kia con la tierra, Anna con el aire y Ag con el fuego - dijo Badur - Y...Nammu? - Badur se tomo un silencio, luego dijo - Abuela Nammu ya estaba aqui - Nuevas preguntas continuaban formandose en la cabeza de Ulysses, pero decidio no hacerlas. Badur como siempre tan intuitiva percibio el estado mental de Ulysses y añadio - Todo a su tiempo hijo - Ulysses entendio y continuo con el tema - ¿Cómo puedes controlar toda esa agua? - preguntó Ulysses - Yo no la puedo controlar toda a la vez Ulysses - contestó Badur. Esto le tomó por sorpresa a Ulysses - Lo que sí puedo hacer es darle el respeto y el espacio que se merece y dejarlo ser hasta invocar lo que necesite de él, cuando lo necesite...de nada vale tener todo el poder del mundo de una vez hijo - dijo Badur - Ten paciencia y trata cada pieza con el amor que requiere y así conseguirás trabajar en unión y es en la unión...- y Ulysses contestó - En donde está la fuerza...Gracias Ba-...Mamá - Y Ulysses le dio un abrazo a su madre como siempre había querido.

Ten - le dijo Badur, y creó un pequeño frasco llenándolo de agua cristalina del río de la caverna - Solo un poco de esta agua te puede ayudar a concentrar aún más las piezas que utilizas. Una vez lo logres poco a poco la podrás ir dejando. Lo menos que puedo hacer.

Ulysses tomó el pequeño frasco de color azul claro el cual tenía unas insignias grabadas en él y lo guardo en su armadura - Bueno, pienso que ha sido un buen descanso, ¿No crees? - dijo Badur y Ulysses asintió, aunque aun dentro de si estaba intentando procesar todo lo que había aprendido con Badur en tan corto tiempo. Ulysses no se podía imaginar lo que sería cuando le tocara entrenar con ella, todo lo que aprendería. ¿Pero cuando? la pregunta es ¿Cuándo le tocaría ser su aprendiz? Si no tenían tanto tiempo en esta hazaña. Al parecer le esperaban muchas misiones que cumplir. Esto era tan solo el comienzo y Ulysses no podía esperar.

La emoción una vez más le cobró los sentidos a Ulysses y este atravesó aquel maravilloso túnel de piedras preciosas, que le brillaban aún más, de vuelta al campo de entrenamiento con fuerzas renovadas, con una nueva visión y más importante aún: con perspectiva.

Una vez más en el campo de entrenamiento. Badur subió de nuevo a su puesto en la gran esfera. Kia estaba esperando a Ulysses sentado en el centro del campo con sus piernas cruzadas, parecía estar meditando. Tan pronto Ulysses se le acercó Kia se levantó lentamente y con sus enormes brazos que parecían poder destruir una pared de acero levantó a Ulysses en un enorme y cálido abrazo - Disculpa chiquillo - Kia estaba llorando un poco. Se sentía terriblemente arrepentido por lo sucedido durante la última sesión de su entrenamiento. Ulysses no podía creer que aquella figura tan intimidante y poderosa sea capaz de tanto afecto. Pero después de todo, era la tierra. Y quien más afectiva que la tierra misma que lo vio nacer.

Kia continuó disculpándose mientras cargaba a Ulysses por los aires. Ulysses intentaba darle la señal de que todo estaba bien, que no se tenía que disculpar. Pero sus intentos fueron ahogados por las enormes plegarias de su tío/tía, hasta que al fin Ulysses gritó con fuerza - ¡KIA!! - Solo entonces Kia alzó su cabeza para encontrarse con la gran sonrisa de Ulysses - ¿Continuamos? - Kia miró hacia todos lados y se dio cuenta de su despliegue de emoción - ¡Claro, si, si, claro, claro! - exclamó Kia en respuesta a Ulysses y rápido lo puso en el suelo de nuevo y se dispuso a componerse un poco - Creo que ya se lo que tengo que hacer - le dijo Ulysses. Kia le sonrió - No hay nada como tiempo con mamá - dijo Kia y ambos asumieron sus posiciones para continuar el entrenamiento - Muy bien - Pero lo que Kia no sabía era que Badur le había dado aquel frasco con aquella agua aún desconocida para Ulysses. Badur le había dado las instrucciones a Ulysses de que cuando fuera a comenzar su entrenamiento de nuevo tomara un poco del agua del frasco. Y así hizo Ulysses. Sacó el pequeño frasco de su armadura y tomó un poco. Al instante sintió la concentración de aquel líquido. Fue como si sus venas se hubieran transformado, sentía cada rastro de ellas marcando su cuerpo con un líquido que ya no era sangre, parecía agua pura que le corría por todo el cuerpo y lo mantenía fresco, vivo. Kia sintió el cambio repentino de energía proveniente de Ulysses. Pero decidió no decir nada. Tenía una idea de lo que podía ser.

Ulysses se concentró en su objetivo. Recordó lo que le dijo Badur, cada pieza por sí sola, respetando y dandole su espacio. Estaba listo. Kia levantó sus brazos y formó una roca gigante una vez más. Entonces Ulysses comenzó a manipular una pieza de plástico tras otra. De esta manera sentía que el poder le hacía sentido. No pensaba en nada más, ni en Kia, ni en la roca gigante que había preparado como ataque, solo en cada una de las piezas, consolidandolas una a una con mas y mas fuerza - ¡Aquí voy! - exclamó Kia, y salto en el aire casi llegando al techo de la esfera con la roca gigante sobre su cabeza. Un momento de impulso. Ulysses preparó sus últimas piezas. Estaba listo.

Luego con gran fuerza y con toda la gravedad que parecía tener Kia, bajó la roca sobre la pared sólida de defensa que Ulysses había creado. La roca gigante se había destrozado de tal manera y causado tal estruendo que les tomó un momento a todos los allí presentes para saber qué era lo que había sucedido. Hubo un silencio en lo que se aclaraba el polvorín pero al parecer todos estaban tan pendientes que el mismo Anna con un ademán rápido de sus manos hizo aclarar la neblina.

¡Yo pensaba que eras más fuerte! - se escuchó decir a Ulysses detrás de la gran muralla de plastico solido que había creado. Estaba intacta. Kia no le había hecho ni siquiera un rasguño. De momento se desmanteló esta y todos fueron testigos de la gran sonrisa de Ulysses - ¡Sí! - exclamó Kia - ¡Lo hiciste!! - dijo una vez más mientras corría de nuevo a abrazar a Ulysses y a lanzarlo por el aire. Los gemelos Caso y Posio se unieron en la celebración y en forma de broma le pusieron un poco de música popular.

Lo había hecho, después de tanto entrenar - Ahora estamos preparados para continuar en la próxima etapa de tu entrenamiento - dijo Kia - Aún falta perfeccionar un poco esta, pero veo que los descansos no te vienen nada mal.

Ahora si Ulysses se sentía invencible. Sabía que le faltaba aun en su entrenamiento, pero cada paso que superaba después de tanto trabajar, lo recuperaba con más fuerzas. Ulysses miro a Badur que lo observaba desde su espacio en la esfera, busco de nuevo el frasco y vio que en las insignias grabadas se deletreaba un "XX". Ese será el nombre, pensó Ulysses y le sonrió a Badur antes de continuar su entrenamiento.

12

SUMERIO

Seis meses después en la superficie. El plan de los WEALTH ya se llevaba a cabo en todo su esplendor. La ciudad se había convertido en un espacio fantasmal donde nada parecía estar vivo. Los semáforos corrían de rojo, a verde, a amarillo, infinitamente. Los postes de luces se encendían solos, programados, pero sin propósito de alumbrar a nadie. No había ruido alguno que se escabullera por los espacios urbanos de la ciudad. Todo se escuchaba con gran facilidad por el silencio profundo que abarcaba la soledad en Río. A pesar de que física y geográficamente se encontraba en el mismo lugar, la ciudad era irreconocible. Es difícil pensar que hace tan solo unos meses atrás aquel lugar estaba lleno de vida. Que corría tanta gente por las calles que se supondría una pesadilla para cualquier claustrofóbico o introvertido. Ahora solo rondaban algunos de los animales sin rumbo alguno por las calles, buscando encontrar alguna pista del paradero de sus familias. Pero... ¿Dónde estaba todo el mundo? ¿A dónde posiblemente se habían podido ir en aquellos tiempos? No era como que podían tomar un avión y partir a otro país. No era como que podían cruzar el continente en un carro o con una mochila en la espalda. Entonces... ¿Se habían muerto? Algo así.

Manuel y los jóvenes se habían organizado de manera exacta e inmediata durante esos últimos meses. Los esfuerzos incansables que habían llevado a cabo para reunir a todos los candidatos posibles para su organización se había notado con mucha promesa. El número de integrantes de la organización ya llegaba a quinientos. Y a pesar de que Manuel sabía que debían haber más jóvenes allá afuera escondiéndose por el temor de las circunstancias, confiaba que en algún momento se decidieran unirse a la causa. Aún no tenían un nombre para su organización pero tenían una base. Resulta que para el tiempo de la catástrofe los seres humanos que habían sobrevivido, dentro de todas las otras cosas que poco a poco desarrollaron, construyeron un sistema de canales conectados entre todos los edificios de la ciudad, casi haciendo una ciudad subterránea, con el propósito de estar preparados en caso de otro episodio catastrófico en el exterior. No solo había estructura, sino también existían cultivos que, como no fueron atendidos, increíblemente la naturaleza sola se había encargado de desarrollarlos. Esto fue un gran descubrimiento para la organización. Ninguno de los ciudadanos sabía de este lugar, excepto alguno que otro viejo con un poco de demencia. Quien sí había tenido conocimiento de este lugar era Manuel. Los WEALTH habían guardado este secreto por generaciones. La existencia de esta ciudad subterránea se les enseñaba sólo a ellos con el propósito de que en caso de cualquier emergencia sea su "especie" la que sobreviva gracias a la seguridad de este lugar. Manuel y la organización lograron encontrarlo con la ayuda de Joabe y otros jóvenes que conocían las calles tanto como Joabe. Una de las entradas se encontraba en un sótano de un hogar de envejecientes donde los jóvenes se reunían semanalmente a hablar de filosofía y fumar marihuana. Como era de esperarse el equipo se componía mayormente de adolescentes hasta jóvenes adultos con una excepción de varios adultos mayores. Entre ellos estaba Luis "Bolo" quien era uno de los mayores suplidores de hongos en la ciudad. Al contrario de lo que se pensaría normalmente de un suplidor de drogas, Luis no era un hombre de muchos lujos, ni de muchos secretos, al contrario, estaba enamorado de la vida, viviendo de la manera más sencilla posible. Era uno de los pocos suplidores que consumían su propio producto y aun así se mantenía completamente activo y alerta sin causar ninguna dependencia. Algunos dicen que Luis "Bolo" había muerto hace mucho de una sobredosis, pero lo que lo mantenía vivo y funcionando era un hongo que se había apoderado de su cuerpo, manipulando cada acción, cada pensamiento y cada palabra que salía de su boca.

La organización había llevado a cabo distintas investigaciones donde al fin, gracias a un estudio llevado a cabo por los estudiantes de farmacia que se encontraban entre los integrantes, pudieron señalar la causa exacta del porque todos allí habían sobrevivido al Festival de los dioses: Los componentes del hongo. Y no cualquier hongo, era un hongo en específico que había tomado fama justo antes del festival y que habían apodado en la calle como: "Popomuel". Al parecer los WEALTH pensaron que eran los únicos que administraban este tipo de hongo. Pero qué equivocados estaban. Por esto Luis "Bolo" se había convertido en una pieza clave de la organización, ya que contenía el antídoto a esta nueva catástrofe humanitaria. Este había mantenido sus cultivos de hongos a tan solo un plano más elevado de la ciudad subterránea sin saber lo que tenía debajo, y gracias a él fue que lograron conectar varios puntos de lo que era ahora la base.

Sorpresivamente la organización funcionaba de manera muy fluida. Reconocían que esta era su catástrofe, que estaba de ellos superar este gran reto de donde dependía el futuro de su pueblo.

Ayudaba el hecho de que una vez a la semana ingerían una cantidad pequeña de hongo "Popomuel" para así asegurarse de que todos estuvieran al tanto con su antídoto en caso de que otro episodio psicomolecular se llevara a cabo sin aviso previo. El grupo tenía mucha energía, y con toda esa energía venían opiniones y acciones. Se había estado formando poco a poco una división que estaba en contra de los dioses a pesar de que Manuel les hubiera explicado que el plan había sido llevado a cabo por los WEALTH, pero esta división insistía que los dioses tenían que estar detrás de todo esto ya que la gran catástrofe había sido llevada a cabo por ellos también. Habían perdido familiares que ahora no los reconocían, que habían sido esclavizados sin saber que lo eran. Los jóvenes estaban desesperados por salvarlos. La organización les brindaba esa oportunidad. Por eso en tan solo seis meses habían desarrollado un plan para detener de una vez esta operación que seguía cobrando la vida de tanta gente. Incluso de algunos miembros de la organización. La organización había descubierto que los esclavizados estaban siendo administrados por la guardia WEALTH como sospechaba Manuel. Tuvieron la oportunidad de confirmarlo en una de sus misiones. Manuel había reconocido a uno de los jefes de seguridad que pertenecía al grupo cercano de el líder de los WEALTH. Esto les hizo reestructurar toda su locomoción a la organización. Debían actuar incluso con más cautela. No podían ser vistos en ningún momento ya que si fueran descubiertos, esto traería abajo todo el esfuerzo que habían realizado hasta entonces. Al parecer la guardia WEALTH no era tan astuta como se pensaban. Nunca llegaron a buscar bajo la superficie. Al parecer la guardia WEALTH solo estaba allí para supervisar la construcción organizada de la estructura. La guardia tenía uniformes sólidos, andaban muy armados y hacían rondas por las calles y por el aire.

La organización sí había tenido encuentros con los esclavizados. Y los encuentros no habían sido nada buenos. Esto le añadía al peligro de la situación corriente. Pero les sirvió de experiencia para desarrollar su plan con más pericia. En una de las ocasiones Martirio fue vista por uno de los esclavizados mientras volvían de reclutar alimentos para la base. El esclavizado fue directo hacia ella con intención de hacerle daño pero Joabe intervino a tiempo agrediendo al esclavo por la cabeza con un tubo de metal que utilizaba como arma para este tipo de situaciones. Esto les dio tiempo para escapar. Vieron en la distancia como el esclavizado se había vuelto a incorporar a pesar de aquel golpe tan fuerte. Los esclavizados estaban reconfigurados de forma tal que todo de lo que eran capaz de hacer físicamente en su estado normal había cuadruplicado. La fuerza y la rapidez con la que hacían las cosas era algo fuera de lo normal. Junto a la guardia se encontraban un grupo de científicos que fueron vistos por la organización re-configurando cada mes la alteración psicomolecular de los seres humanos ya esclavizados, así eran capaces de llevar a cabo grandes labores sin tomar descanso y sin nutrición alguna hasta que caían muertos. Algunos jóvenes encargados de hacer rondas aseguraron ver algunos de los cuerpos que ya habían visto desplomarse muertos trabajando de nuevo. ¿Será que los científicos habían estado experimentando con el sistema nervioso de los humanos ya fallecidos para que continuaran trabajando? Gracias a los dioses no tenían acceso a pasados difuntos ya que en la sociedad aquellos días se practicaba la cremación. En cada una de las misiones, cuando tenían la oportunidad, muchos de los integrantes buscaban entre los esclavizados para ver si podían divisar a algunos de sus familiares. Jose Medina era uno que buscaba incansablemente con el corazón en la boca por su hija, pero aún no había encontrado nada. Esto le motivaba a trabajar sin descanso. Ya parecía un esclavizado.

La construcción de la gran estructura se encontraba muy

desarrollada en este punto. En tan solo seis meses ya el tamaño del monumento sobresalía por encima de casi todos los edificios. Aun desde la distancia era posible ver con cuánto vicio y desespero actuaban los esclavizados. Después de todo, eran millones y millones de personas trabajando. Parecían un macrovirus construyendo un gran ADN maligno que se apoderaría de toda la ciudad. La construcción no era nada organizada, los esclavizados se lanzaban unos encima de otros incrustando con fuerza e impulso pedazos de acero, hasta que poco a poco iba quedando una estructura sólida, mientras tanto los ingenieros de la sociedad WEALTH iban administrando todo. Las acciones de los esclavizados eran muy impulsivas, pero un tanto organizada. Actuaban como una gran masa amorfa. Era inhumano. Alguien tenía que detener todo aquello.

Había llegado el gran día donde la organización llevaría a cabo su plan. Estaban listos para alcanzar su meta: llegar a la sociedad de los WEALTH, derrocarlos con la nueva organización para devolverle la libertad a la otra mitad de la sociedad. Una revolución. La manera de llegar a la sociedad WEALTH era a través de un sistema de ascensores especializados que residían dentro de un edificio oficial de gobierno y que servían como vuelos comerciales entre las sociedades. Normalmente se necesitaría un pasaporte con permiso especial y visa para moverse de un lado de la sociedad al otro. Pero esto no era un caso normal.

¿Listos? - dijo Manuel dirigiéndose hacia el grupo en la base y todos respondieron - Listos! - y marcharon de camino a la estructura.

Volvemos al centro. Un año y medio de entrenamiento después. Ulysses abrió los ojos de momento como si hubiera tomado una siesta más larga de lo planificada. Su viejo ser lo engañaba intentando rescatarlo y devolverlo a lo que fue - Quédate - se escuchó Ulysses decirse a sí mismo - Quédate conmigo - se volvió a repetir pero esta vez era la voz de su verdadero ser, su presente reclamando su espacio - Ahora abre los ojos - escuchó decir a Oxili - Y así lo hizo. Tan pronto Ulysses abrió los ojos instintivamente levantó una pared de defensa de plástico sólido para defenderse de un ataque de Curio. El gemelo Posio tomó esta oportunidad para atacar por su lado derecho, con agilidad Ulysses levantó y lanzó su patineta con la cual le propinó un gran golpe a Posio que lo envió volando por los aires en el sentido contrario. Acto seguido Ulysses volvió a recobrar su patineta, se montó en ella y voló buscando distanciarse de sus atacantes. Ulysses extrajo de las paredes una sustancia que luego solidificó para convertir en plástico sólido, convirtió el plástico en estacas gigantes las cuales hizo flotar a su alrededor para utilizarlas como línea de defensa. Sobre Ulysses apareció Oxili quien atacó con balas de acero del tamaño de su cabeza y con fluidez Ulysses se dejó caer en el aire mientras utilizaba las grandes estacas de plástico como defensa. De repente Caso apareció por su lado izquierdo filtrándose como sustancia desde la pared más cercana - ¡No te olvides de mí! - dijo con voz chillona mientras atacaba con gran fuerza. Acto seguido Ulysses creó un torbellino de plástico que abrazó a Caso y lo lanzó al suelo - ¡Así! - exclamó Kia mientras observaba el entrenamiento - ¡Qué estilo tiene el chiquillo! - añadió orgulloso con una gran sonrisa - Pero debo añadir, ¿Sabes que puedes crear todo tipo de armas con el plástico? - le preguntó Kia a Ulysses - ¡Vamos! ¡Atrévete a ser más creativo! - Ese era un aspecto en el que Ulysses tenía mucha experiencia. Cuando Kia le lanzó desde lo alto otra gran roca a Ulysses de sorpresa y este manipulo dos pedazos grandes de plástico dándole forma de espadas gigantes, las pegó de sus antebrazos y con ellas cortó la gran masa rocosa que venía volando en su dirección a toda velocidad - Vaya - dijo Kia sorprendido - Ahora pareces un cangrejo - añadió en forma de broma - ¿Un que? - preguntó Ulysses confundido - No importa. Mal chiste - dijo Kia.

Ulysses se tomó un momento para reflexionar. Su cuerpo se había transformado completamente. Ya no sufría de pobre nutrición, sus músculos no habían crecido tanto pero estaba mucho más en forma, parecía un arma letal: ágil, fuerte e instintivo. Después de todo su dieta era la más pura que jamás podría conseguir en la tierra. Su aura había salido de su caparazón, parecía un león en todo su auge, o quizás un león adolescente. Tanto tiempo había pasado y no mucho al mismo tiempo. Un año y medio en el mundo de los dioses se habían convertido en seis meses en el mundo de los humanos. Siendo dueños del tiempo y el espacio en aquel planeta los dioses re-configuraron la longitud de los días en el exterior de manera que Ulysses así tuviera más tiempo para entrenar y prepararse. Todo lo contrario a lo que usualmente están acostumbrados a hacer.

Kia se lanzó de las gradas altas desde donde se encontraba observando, aterrizando en el centro del campo de entrenamiento junto a Ulysses - Creo que estás listo chiquillo - dijo Kia con su usual optimismo. Pero aún te falta aprender algo - advirtió Kia.

¡Todavía?! - exclamó Ulysses, esto le pareció tierno a Kia lo que le causó otra carcajada - Paciencia chico - dijo Kia - ¿Me imagino que no querrás atravesar a ningún humano con alguna de esas estacas que le lanzaste a Oxili, no? - Kia tenía un punto, pero ¿que más le faltaba a Ulysses por aprender?

Entonces ¿qué debería hacer? - preguntó Ulysses de forma pícara - ¿Acurrucarlos en una gran manta plástica? - Kia le rió la gracia y luego se puso serio de repente como le gustaba hacer - Algo por el estilo - dijo Kia. Ulysses se sorprendió con su poder de percepción.

No es nuestra misión herir a los seres humanos - dijo Kia -

Simplemente ayudarlos. Por eso hemos desarrollado una acción que con tus habilidades podrás llevar a cabo con seguridad. Ahora, esto lo hace aún más difícil - explicó Kia - Recuerdas aquel intercambio que tuvimos con aquel hombre en la ciudad - Ulysses no lo podía olvidar, nunca había visto a ningún ser humano en aquel estado. Aquella mirada desesperada de aquel hombre se la guardó en la memoria - En este momento la mayoría de los seres humanos en Río, si no todos, ya se encuentran en ese estado. Son capaces de demostrar todas las habilidades de aquel hombre que enfrentamos y más, mucho más - dijo Kia muy serio - Su esencia, su ego están completamente torcidos. No se pertenecen. Más bien, le pertenecen a alguien. Harán todo lo posible por llevar a cabo su labor, la cual fueron programados y defenderla a toda costa, incluso hasta la muerte - explicó Kia - Tu trabajo es contenerlos, sin lastimarlos, hasta que puedan volver a la normalidad.

¿Y cómo haré eso? - preguntó Ulysses - Lo único que he aprendido aquí es a defenderme y a atacar a toda costa. Qué les hace pensar que mis instintos no harán lo mismo allá afuera.

Una vez más, te subestimas chiquillo - dijo Kia seriamente - Es hora de que dejes ese hábito atrás. Recuerda quién eres realmente y de dónde vienes. Tu existencia tiene un gran propósito. Posees toda la compasión y humanidad que el más excelente de los seres humanos pudiera concebir. Todo esto porque aun siendo hijo de dioses conoces lo que es ver la esencia verdadera de las almas - Estaba equivocado, era entonces cuando Ulysses estaba despertando - Utiliza tu arte - dijo Kia - de donde todos los sueños se materializan - Ulysses reflexionó por un momento - Ahora bien ¿Qué harías si yo fuera un humano a punto de atacarte? - Sin tener un momento para pensarlo Kia salió disparado a atacar a Ulysses. Ulysses reaccionó cubriendo a Kia de pies a cabeza con toda la materia plástica que pudo manipular al momento dejándole solo la cara al descubierto. Kia quedó allí inmóvil - De todo lo que pudiste haber hecho, ¿esto fue lo que se te ocurrió? - preguntó seriamente Kia - ¿Si? - Respondió Ulysses.

Pasó un momento de un silencio muy incomodo. Kia se echó a reír nuevamente y exclamó - ¡Me encanta! - Ulysses se alivió, y lleno de confianza se atrevió a explicarse con más detalle - ¡Ves! Es que pensé que sería bueno, dejarles el rostro al descubierto así se le puede alimentar el antídoto - dijo Ulysses con entusiasmo.

¡Bien! - exclamó Kia - ¡Nosotros te ayudaremos con eso! ¿Verdad que sí chicos? - preguntó Kia a Ag, Badur y Anna. Estos asintieron mientras murmuraban entre ellos.

¿Así que esto fue lo que se le ocurrió al gran salvador de los humanos? - dijo Ag sarcásticamente - Aún es joven Ag - respondió Badur defendiendo a Ulysses - Y francamente ha aprendido mucho en tan poco tiempo. Yo no recuerdo haberte visto jamás así de dotado - Ag no contestó, simplemente se retiró - Y todo lo que le falta por conocer de sí mismo - pensó Badur - Tan poca idea que tiene sobre todo lo que puede hacer.

El plástico que conseguirás allá arriba en la superficie no es el mismo plástico que consigues aquí. El de los humanos es mucho más débil - dijo Kia - Así que tendrás que aprender a cómo hacer de este material lo más fuerte posible para asegurar tu victoria ¿Acaso le has preguntado lo que significa el nombre de tus maestros de práctica? - preguntó Kia y Ulysses no pudo creer que en ningún momento se le haya ocurrido preguntarle a Oxili, Curio, Posio o Caso qué tipo de elementos eran - Nunca me he preguntado - respondió Ulysses un tanto tímido - No hay problema. Ahora te explico - dijo Kia - Oxili está hecho de Oxígeno y Silicio, Curio de Mercurio y Hierro, Posio de Potasio y Magnesio, y Caso de Calcio y Sodio. Tus maestros son los componentes que últimamente forman la roca - explicó Kia - Al haber entrenado con ellos, con cada técnica que te enseñaron, ellos depositaron en ti la habilidad de convocarlos. Así cuando te encuentres en batalla y utilices plástico de la superficie tienes que recordar convocar la memoria de cada entrenamiento y estos se reflejaran en la composición de los materiales que utilices para defenderte - terminó Kia.

Entonces Ulysses y Kia continuaron su entrenamiento. Desarrollaron un sistema alternativo en donde Kia abriría la tierra formando una especie de trinchera de tal forma que Ulysses tendría la oportunidad de depositar los humanos infectados utilizando un plástico cuya composición poseía los componentes de la roca. Ulysses no se lo esperaba, pero esta fue la parte más divertida de todo su entrenamiento hasta el momento. Utilizaron a los demás elementos como cuerpos de práctica hasta que se sincronizaron lo suficiente como para comprobar que su sistema era efectivo.

Se tomaron un descanso final. Ulysses ya se sentía muy a gusto con todo el mundo en ese lugar, tenía una familia, y que familia. No quería salir de allí para tener que enfrentarse a la realidad humana. A pesar de pasar tanto tiempo encerrado en aquel lugar, parecía de ensueño. La compañía y los valores de aquellos seres con los cuales había pasado ese último año y medio donde había muerto, vuelto a renacer y a descubrirse cada vez más a fondo, no tenía precio. Para Ulysses esa era la verdadera definición de la eternidad.

Sé que ya te dimos la sorpresa al principio con lo del uniforme de superhéroe y todo - dijo Kia - Pero como dijo Nammu hay una última sorpresa. Aún hay otras cosas más que me gustaría presentarte antes de que salgas allá afuera. Levántate - le pidió Kia a Ulysses y así lo hizo - Préstame tu aerotabla - le pidió Kia y Ulysses se la presentó. Entonces Kia puso su mano sobre una de las extremidades de la patineta y cuando sacó su mano habían unas pequeñas bocinas adjuntas - Fue idea de Caso y Posio - dijo Kia mientras Caso y Posio celebraban en el fondo - Lo podrás utilizar para la música que necesitas en batalla.

¿Como no se me ocurrió a mi antes?! - exclamó Ulysses muy contento - ¿Puedo poner funk o reggaetón aquí? - preguntó Ulysses.

Lo que te funcione chiquillo - contestó Kia sonriente - Algo más - dijo Kia y produjo de su dedo una materia color morada la cual se extendió hasta la armadura de Ulysses. Una vez tocó la armadura se dispersó como raíces por todo el cuerpo de Ulysses. La armadura de Ulysses comenzó a alternar entre diferentes tonalidades de verdes y marrones - Solo tienes que concentrarte en un tono - dijo Kia. Ulysses se concentró y de momento la armadura tomó un color verde oscuro. Su color favorito - ¡Bien! - exclamó Kia con una sonrisa - Es uno de mis colores favoritos - dijo Kia - Aunque todos los verdes son mis colores favoritos. Esa es mi insignia para ti. Cuando tengas la oportunidad de entrenar con los demás. Podrás coleccionarlos poco a poco.

Gracias - dijo Ulysses. La luz de sus tatuajes brillando por dentro de la armadura le daba un toque muy "cyberpunk" a su armadura. Se sentía muy emocionado. Era como volver a visitar su infancia. Todos los sueños e incluso los que nunca se había imaginado posibles, se convertían en realidad en aquel lugar. Ulysses hizo algo que no había tenido la oportunidad de hacer hasta el momento, abrazó a Kia. Kia, como dios que era, no quería admitir lo conmovido que se sentía también, así que con otra carcajada le dijo a Ulysses - ¡Bien chiquillo! Un día de descanso y vamos al mambo! - Kia, dio unos pasos para retirarse luego recordó algo y se volteó de nuevo a Ulysses - ¡Por poco se me olvida! Si te preguntan ¿Cuál es tu nombre de superhéroe? - preguntó Kia y Ulysses pensó por un momento y contestó - Sumerio.

En el exterior ya todos estaban en sus posiciones. La organización tendría un equipo afuera y otro adentro. Cada equipo contaba con "hackers" que los ayudarían a engañar los sistemas. El equipo de afuera crearía la distracción mientras que el grupo de adentro infiltraría la estructura por su base subterránea hasta llegar al tope. La estructura construida por los esclavizados se edificaba alrededor del edificio de gobierno que conectaba la otra mitad con la sociedad de los WEALTH, y donde se encontraban los ascensores. Era un camino muy largo, por ello se debía hacer el trabajo de manera objetiva y con mucha discreción. Manuel mantuvo el grupo de adentro lo más especializado posible con miembros de la organización que él sabía que podía confiar en su temperamento y juicio. Su equipo se consistía de Martirio, Joabe, Carlos, Luis Bolo y otros diez más. Mientras que el grupo exterior se componía del resto de la organización liderados por Jose Medina y Maco. Manuel y su grupo se habían equipado de armas de electricidad que habían construido dentro de la base. Estaban dispuestos a utilizarlas en el peor de los casos. Esto era algo que Manuel aún no estaba completamente seguro de enfrentar. Pero confiaba que la justicia lo llevaría a encontrar una respuesta. Además de las armas eléctricas, llevaban consigo chalecos antibala, bombas de pesticida, escudos, cascos, gafas, medicinas, mascarillas, vestimenta pertinente de una guerra civil y una porción personal de hongos Popomuel como antídoto. Todos se vistieron de un color negro para reflejar el luto de su sociedad - También nos hace parecer mas intimidantes - había dicho Martirio en una de las reuniones - Fue algo que leí en un articulo donde habían entrevistado a una jugadora de futbol que había mencionado que el uniforme negro tenía un efecto psicológico en el contrincante - se explicó Martirio.

Los integrantes de la organización se comunicaban por sus radios como cualquier otro equipo militar.

El equipo interior se movilizó primero por entre los túneles de la ciudad subterránea. Llegaron a la salida a dos cuadras de la entrada de los almacenes que los llevaría hacia la base de la estructura que Manuel ya había visitado. Los almacenes continuaban en el mismo estado, un poco más desechos quizás, pero aún con sus puertas cerradas. Con cautela el equipo interior se movió de forma estratégica cada vez más cerca de la entrada de los almacenes asegurándose de que no hubiera ningún miembro o equipo de la guardia WEALTH. Mientras más se acercaban a los almacenes, más se percibía aquel olor familiar. Ya finalmente en la puerta Manuel confirmó su sospecha. Se colocó su mascarilla y ordenó a todos los demás que se la pusieran también. Tan pronto abrieron las puertas del almacén el increíble olor a putrefacción los azotó. Incluso con las mascarillas no lograban concentrarse muy bien debido al fuerte olor.

No dejen que el olor, ni lo que están a punto de ver les nuble los sentidos - ordenó Manuel con firmeza - Recordemos porqué estamos aquí y hacia dónde vamos - dijo Manuel. Y así cargaron sus armas eléctricas y se movilizaron. A medida que se iban adentrando más en los túneles comenzaron a ver más cuerpos inertes en estado de descomposición. Era una escena aterradora. Debían moverse entre aquellos cuerpos como si fuera un cementerio sin lápidas. No se encontraron a ningún miembro de la guardia lo cual le pareció muy extraño a Manuel. Pero no quería arruinar su suerte. Finalmente llegaron a la base de la estructura, la cual habían expandido enormemente desde la última vez que Manuel estuvo allí. Se podía decir que la base ahora corría fácilmente unas dos millas. El equipo continuó movilizándose lentamente asegurándose de que no había ningún esclavizado por aquellos alrededores. Aseguraron el parámetro. Observaron la base y se dieron cuenta que lo único que iría a mantener esa gran estructura en pie era lo profunda que era su base. A pesar de la administración, la estructura en realidad no poseía ningún tipo de pericia en diseño o ingeniería, pero era tan inmensa que lo único que hacía sentido era que la gran masa incrustada, casi artísticamente, en el suelo es lo que la iría a mantener de pie. Lo que es la avaricia y la vanidad del ser humano, pensó Manuel. ¿Como seres humanos eran capaces de esto? - Dios Santo - soltó uno de los jóvenes del grupo. Manuel se dio cuenta de las caras de preocupación que ya ocupaban los rostros de sus compañeros y decidió tomar acción.

¡Enfóquense! - los despertó Manuel - ¡Mica! Te toca - Mica, una chica muy alta con cabellos rosados y de tez morada de unos veintidós años salió de su ensimismamiento y sacó su computadora donde tenía el plan del edificio interior que los llevaría hacia los WEALTH - Gracias a los dioses por el internet ¿no? - Mica era una "hacker" muy bien conocida en el bajo mundo por sus habilidades. Una de sus hazañas más grandes fue cuando en uno de los Festivales de los dioses más recientes Mica había "hackeado" el sistema para hacer que unos genitales gigantes aparecieran haciendo una parada por los cielos. Mica comenzó a explicar el plano - Sabemos ya que la estructura que están construyendo los esclavizados es la capa exterior del edificio al que queremos llegar. Eso quiere decir que estamos justo debajo de él. Las tuberías del edificio están a unos doscientos pies por debajo de la superficie, así que deberíamos estar justo al nivel de ellas - dijo Mica mientras revisaba su computadora - Una de las entradas debería estar... allí! - Mica señaló hacia la derecha y así procedieron más allá de la base de la estructura. Encontraron más adelante pasadizos hacia otros túneles y tuberías corriendo por debajo del edificio al que estaban buscando entrar. Pasaron por tantos túneles que en un punto pensaron estar perdidos hasta que eventualmente llegaron a la puerta que estaban buscando. Una puerta muy sencilla que podría pasar por desapercibida. Intentaron hacer su trabajo lo más callados posible. Se movieron como si fueran entrenados por el grupo élite del ejército. Otro de los jóvenes del grupo, llamado Nico, se movió hacia adelante para trabajar en la puerta, buscó entre las herramientas que tenía en su mochila, hizo una pequeña incisión al lado de la perilla, insertó una máquina con codificador que pegó a la puerta, escribió un código y como arte de magia la puerta se abrió. Hasta Nico mismo se había impresionado de lo rápido que abrió la puerta - Me había preparado para algo más grande creo - dijo a los demás mientras se echaba hacia atrás para darle espacio al equipo con las armas a que entrara primero. Entraron con cautela. Ya se encontraban dentro del edificio que los llevaría hacia los WEALTH. El equipo calculaba cada movimiento que hacían, encontraron un lugar donde esconderse. El edificio era muy sofisticado, gozaba de una arquitectura moderna con ventanas de cristal gigantes que corrían por todo el edificio de manera que se podía ver con claridad lo que sucedía afuera, y los de afuera podían ver con facilidad lo que sucedía adentro. El equipo de adentro podía ver muy de cerca como los esclavizados trepaban como animales poseídos por la estructura con un pedazo de metal y como bajaban de nuevo con su eternal frenesí. Era como ver una película de horror absurda - El ascensor que nos llevará hasta el tope está en esa dirección dirigió Manuel que ya conocía ese edificio por dentro - Martirio, te toca - dijo Manuel y Martirio sacó su radio y dijo en voz baja - Muy bien amores, es hora de emborracharlos - Al otro lado de la señal estaba Jose Medina y Maco esperando con su escuadra - Copiado - respondió Jose Medina. Y así el segundo equipo se movilizó por las calles y techos de edificios en las afueras de la gran estructura - Estamos en posición - notificó Jose Medina por la radio mientras que Mica se aseguraba con su computadora de que la señal no fuese interceptada por la guardia WEALTH. Manuel se aseguró de que todos estuvieran preparados y luego de un momento se acercó a la radio y dijo - ¡Listo!

Y se escuchó la voz de Jose Medina decir - Echando en tres, dos, uno - De repente de las afueras de la estructura salieron disparadas bombas de gas lacrimógeno que cuando explotaron hicieron un ruido inmenso y causaron un humo denso por todas partes. Las bombas chocaron y explotaron en contra de la estructura causando un gran revuelo entre los esclavizados. Como era de esperarse la guardia WEALTH se movilizó con gran rapidez hacia la fuente del ataque, mientras que el equipo interior se movió hacia los ascensores, pero se dieron con la sorpresa de que no los encontraron. Era como si por arte de magia los hubieran desaparecido por completo. Algo definitivamente no andaba bien, pensó Manuel - Plan B - dijo Manuel volteándose hacia el grupo. Aseguraron el camino por si acaso algún miembro de la guardia había vuelto y con gran rapidez se movieron hacia la otra parte del edificio - ¿Escaleras?! - exclamó Joabe al ver lo que les esperaba - ¿Ese es tu plan B Manuel? - preguntó Carlos incrédulo - Nos va a tomar demasiado tiempo y energía subir.

Es nuestra mejor opción - contestó Manuel - Considerando que es nuestra única opción - dijo y comenzó a subir - Y te hace falta el ejercicio.

Entonces comenzaron a subir las eternas escaleras que parecían nunca acabar. De camino escucharon una transmisión entrecortada de Jose Medina. La señal estaba siendo interrumpida. Rápidamente Mica revisó su computadora para confirmar que sí, de hecho la señal había sido interceptada - ¡Sabe-....-allí! - Se escuchó decir de parte de Jose Medina - ¡Ca-.....-que están allí! - Manuel no quería sembrar el pánico en su equipo pero creo que ya todos sabían lo que Jose Medina intentaba decir - Saben que estamos aquí - dijo Manuel - ¿Pero como? Hagamos línea de defensa y manténganse alerta pero vamos a continuar subiendo mientras podamos - dijo Manuel mientras preparaba su arma eléctrica. El equipo continuó adelante no sabiendo cuándo se irían a encontrar con el enemigo. Cuando se encontraron con un obstáculo definitivo: No podían subir más por las escaleras. Al parecer habían destruido parte de las escaleras, no había cómo seguir subiendo. Esto fue un golpe bajo para el equipo. No tenían otra opción más que regresar y pelear. En alerta volvieron a bajar aquellas escaleras interminables liderados por Manuel. Todo aquello parecía un juego. ¿Cómo era posible que la guardia sabía que estaban allí? ¿Cómo se pudieron haber preparado tan bien en contra de su movimiento? Regresaron con rapidez por donde vinieron. El plan era volver a la base sano y salvo. Sorpresivamente no se encontraron con nadie dentro del edificio. Y justo cuando estaban a punto de llegar de nuevo a la base de la estructura por el camino de los túneles fueron testigos de su destino.

Más adelante el equipo vio a un pequeño ejército de la guardia WEALTH esperándolos junto a un gran número de esclavizados detrás. Eran demasiados. Ni tan siquiera les inspiraba la idea de batallar en contra de ellos. Uno de los guardias, de aspecto muy frágil, se adelantó a los demás y dijo - ¿Hay un Luis en su grupo? ¿Luis, creo que le hacen llamar "Bolo" si no me equivoco? - todos se voltearon hacia Luis mientras este se adelantó con su usual ademán casual y dijo - Lo siento chicos. Pero a mí me gustaban las cosas como siempre han estado, las prefiero así.

Manuel no sabía qué responder, en cierto sentido sintió que fue su culpa y las dudas comenzaron a florecer dentro de su mente. ¿Cómo no iba a darse cuenta de una posibilidad tan obvia? ¿Quien se creía él para poder en contra de aquel enemigo tan grande? La desilusión ante todo se iba envolviendo rápidamente en su pecho. Manuel no sabía cómo mirar a su equipo. De momento sintió una mano posarse en su hombro, era Martirio - Al menos lo intentamos - dijo Martirio - No importa que, somos luchadores, y yo prefiero morir libre que esclavizada - Martirio cargó su arma eléctrica y se puso en posición. Los demás hicieron lo mismo. Aunque se sentían desilusionados, tristes y vencidos, quisieron dar la batalla hasta el final sin importar las consecuencias. La guardia se había preparado también y ya iban a atacar viendo la disposición de la organización de jóvenes de luchar contra ellos. El momento final: el guardia frágil volvió a adelantarse, levantó su mano derecha y los de la guardia apuntaron sus armas. Manuel no podía creer que todo iba a terminar así, lo más que le partía el corazón era saber que iba a morir sin poder haber tenido la oportunidad de rescatar a su hijo. ¿Porque los villanos siempre se salen con la suya? ¿De qué vale entonces la vida? pensó Manuel, pero al ver aun en aquel momento los rostros determinados de sus compañeros en lucha, pudo entender. El guardia dio la señal y se escuchó un torrente de sonidos ensordecedores.

Pero no sintieron nada. Manuel mantuvo sus ojos cerrados por un momento preguntándose que si era así como se supone se sintiera la muerte, pero abrió sus ojos para darse cuenta que seguía allí aún. Miró a su alrededor y todos sus compañeros tenían la misma expresión de confusión que él. Les tomó un momento, pero se dieron cuenta que alrededor de ellos se encontraba una pared de lo que parecía ser acero. Manuel se acercó para comprobar que de hecho era acero, cuando pudo ver que en realidad era un tipo de plástico muy fuerte. De momento la pared de plástico que rodeaba al equipo voló por los aires de vuelta a su dueño: Ulysses.

Ulysses había salido de debajo de la tierra por un gran agujero que se encontraba detrás del equipo - ¿Ese agujero estaba ahí hace un momento? - preguntó Joabe - No - contestó Nico. Ulysses voló por los aires con su aerotabla haciendo flotar los pedazos de plástico dentro de su órbita como si él fuera un sol. Ulysses aterrizó frente al equipo de los jóvenes dispuestos a enfrentar a la guardia WEALTH, y en su hombro el pequeño Aquiles con su pequeña armadura - ¿Es un poco injusta la ventaja que tienen no creen? - dijo Ulysses dirigiéndose a la guardia. Estos se quedaron callados sin saber qué decir o hacer. No entendían qué estaba sucediendo, ni quién era este muchacho que había aparecido volando por los aires con objetos voladores - Lo tomaré como un 'No' entonces. Déjenme mostrarles a lo que me refiero - dijo Ulysses - Un segundo por favor - Ulysses levantó su patineta por una de las extremidades y presionó unos botones. De la patineta comenzó a sonar una canción de su grupo favorito Bonde do Tigrão. Esto confundió aún más a la guardia, los jóvenes también estaban confundidos mientras Ulysses cantaba y bailaba al ritmo de la canción. Ulysses le había añadido varias cosas a su uniforme. Unos pantalones por encima de su armadura y sus tenis favoritos que le permitían sentirse más ágil. Ulysses comenzó a hacer malabares de capoeira, y en un abrir y cerrar de ojos Ulysses lanzó como proyectiles pedazos de plástico que vinieron volando de todas partes. Los pedazos sólidos de plástico fueron arropando hasta el cuello a cada uno de los miembros de la guardia mientras estos intentaban escaparse disparando o huyendo, pero no hubo quién se salvara. Algunos de los esclavizados corrieron al ataque en contra de Ulysses - Hora de practicar - dijo Ulysses mientras se estiraba un poco - ¡Mantengan su terreno, no retrocedan! - les ordenó Ulysses a los jóvenes - ¿Listo Aquiles? - La manada de esclavizados se acercaba a gran velocidad, Ulysses tomó un momento para concentrarse, de repente apareció otro arsenal de piezas de plástico sólidos entrando por todas partes y Ulysses gritó - ¡Ahora! - Mientras lanzaba con gran agilidad los pedazos de metal hacia cada uno de los esclavizados arropándoles el cuerpo entero. Aquiles se lanzó al suelo y con la fuerza del dios que vivía dentro de él de repente formó una trinchera gigante delante de Ulysses. Uno a uno Ulysses iba depositando en fila a los cuerpos de los esclavizados dejándoles sólo el rostro al descubierto. Inmovilizados y enterrados completamente. Parecía un cultivo. Para darle el toque final, Aquiles depositaba en la boca de cada cuerpo unos pequeños pedazos de hongo. Ulysses tomó un respiro y se volteó hacia la organización. Con una sonrisa dijo - ¡Wepa! Soy...

¿Ulysses?! - lo interrumpió Martirio incrédula.

13

EL JUNTE

EN LA COMUNIDAD DE LOS WEALTH TODO CONTINUABA IGUAL. Mientras que el líder llevaba a cabo una reunión, un miembro alto de la guardia, se atrevió a interrumpir susurrandole al oído al gran líder las noticias sobre el intento fallido de capturar a los integrantes de la nueva organización después de su atentado a causa de un muchacho con poderes mágicos que había conseguido atrapar a un equipo entero de la guardia por sí solo. En seguida el líder terminó la reunión y ordenó a aquel miembro de la guardia que reforzara la seguridad de la entrada hacia la sociedad hacia la torre - Seguridad ocho - aclaró el líder - ¿Seguridad ocho líder? Podría afectar a algunos de los nuestros en el caso de ser empleado - refutó con temor el miembro de la guardia, a lo que el líder contestó - El que no está en este lado, no hace falta - El miembro de la guardia salió disparado a llevar a cabo la orden mientras que el líder permaneció solo con sus pensamientos - ¿Que te traes entre manos Manuel? - Se preguntó el líder con una sonrisa.

De vuelta en la base ya todos se conocían. Ulysses había conseguido la manera de transportarlos de los túneles hacia la base junto a los cuerpos inconscientes de los esclavizados. Al parecer el haber recibido el antídoto les inducía una coma. La organización se había llevado a Luis "Bolo" con ellos mientras que dejaron a la guardia que Ulysses había atrapado dentro en los túneles. Toda la guardia ya estaba en alerta de la existencia de la organización y de su intervención. En el proceso de descubrirlos la guardia había capturado un gran número de los miembros del equipo de afuera de la organización mientras llevaban a cabo su pasada misión. Entre estos se encontraban Jose Medina y Maco. La guardia WEALTH ya le estaban poniendo diferentes nombres a Ulysses como "Código Techman" o "El chico volador".

¡Carajo! ¡Ese no es mi nombre! Debí haberles dicho mi nombre de superhéroe antes de irme - dijo Ulysses mientras se encontraban en la base planificando su próxima movida.

¿Y cual es tu nombre de superhéroe? - preguntó Carlos que se encontraba muy feliz de tenerlo allí. Ulysses tomó esta oportunidad para redimir su pasado error y dijo con gran voz - ¡SUMERIO!! - El nombre no causó tanta impresión en los demás como había planificado.

¿Que carajos es un Sumerion? - preguntó Martirio confundida.

¡No, no! Sumerio. Su-me-rio - aclaró Ulysses pero a Martirio aún no le causaba mucha gracia - Es el nombre de la primera civilización humana - respondió Ulysses - ¿Y eso que tiene? - volvió a preguntar Martirio y Ulysses no supo cómo contestar. No podía revelarle los dioses a sus compañeros así que dijo - Bueno...que soy fanático de la historia humana - mintió Ulysses - ¿Y siempre has tenido estos poderes? - volvió a preguntar Martirio - No nos has dicho aún que te pasó luego que te dejamos en aquel hospital ¿Y que carajos te pasó en los ojos? ¿Es moda nueva o que? - dijo Martirio - ¿Que hospital? - preguntó otro de los de la organización - A Ulysses...o Sumerion, lo que sea, le dió un bioco el primer día del pasado Festival de los dioses y tuvimos que llevarlo al hospital. Luego de ahí no lo volvimos a ver hasta hoy que aparece con toda esta brujería - en ese momento Manuel la interrumpió - Bueno, sé que tenemos muchas preguntas para Ulysses pero no es el momento - dijo Manuel - Estamos contra el reloj. Gracias a Luis, cada momento que pasa los de la guardia pueden estar más cerca a nuestra base, sin mencionar que perdimos a muchos de los nuestros en la última misión. Así que necesitamos un plan. ¡Vengan! - Todos, incluyendo a Ulysses, se reunieron alrededor de la mesa - Ya todos los WEALTH tienen que saber de nosotros, lo que quiere decir que probablemente hayan aumentado su nivel de seguridad, no estoy muy seguro, pero puede ser algo que le llaman "Seguridad ocho". Y si es así, necesitaremos un milagro para poder llegar a donde ellos - dijo Manuel - ¿Qué es Seguridad ocho? - preguntó Carlos - Es el nivel de seguridad más alto que tienen los WEALTH - contestó Manuel - Solo se ha utilizado dos veces en la historia. Justo debajo de la plataforma que eleva y divide su comunidad de esta, se encuentran unas armas automáticas que si se emplean todas juntas tienen el poder de destruir la ciudad entera. No existe nada lo suficientemente fuerte para contrarrestar. A menos que Mica se meta en sus redes - dijo Manuel pensativo - Ya atacar por dentro no es una opción, tendremos que atacar por fuera que resulta imposible - dijo Manuel con dificultad.

A menos que los ayude - dijo Ulysses. Hubo un silencio entre ellos.

¿Crees que puedas con todas esas armas mientras peleamos contra la guardia aérea mientras intentamos alcanzar una ciudad a cinco mil pies de altura? - le preguntó incrédulo Manuel a lo que Ulysses respondió pícaramente - Ustedes me ven así medio delgado, pero me se defender - Ulysses aclaró - Cuanto con más ayuda de lo que piensan - Y como si Ulysses les hubiera llamado desde sus sueños, los cuerpos de las personas esclavizadas comenzaron a despertar - ¿Lo ven? - dijo Ulysses y se retiró para revisar a las víctimas. Mientras se despertaban, Ulysses iba uno a uno dándoles una minúscula gota del agua maravilla del centro de la tierra que tenía en un pequeño frasco dentro de su armadura. Tan pronto una gota tocaba los labios de las personas, estas volvían cien por ciento a su capacidad. Les tomó un momento acostumbrarse a sí mismos de nuevo. Se notaban perdidos cuando despertaban y lo primero que veían era la cara de Ulysses sonriendoles, muchos pensaron que habían muerto y que Ulysses era un ángel guardián. Ulysses los re-enfocaba y los regresaba poco a poco a la realidad de su vida. Las acciones de Ulysses inspiraron a los demás jóvenes de la organización, quienes comenzaron a ayudar a Ulysses mientras él atendía a otras víctimas. En total hacían doscientas catorce víctimas. A medida que iban volviendo el mundo comenzaron a hacer preguntas, Ulysses y los demás hicieron lo posible para explicarles todo lo que había sucedido durante esos últimos seis meses pero no parecía estar funcionando. Finalmente Ulysses decidió dirigirse hacia ellos como grupo - ¡Hola! Sé que se encuentran un poco confundidos. Mi nombre es Ulysses...pero también me conocen como: Sumerio - a nadie todavía le hacía gracia el nombre - Bueno, la realidad...la realidad es muy distinta ahora a cuando ustedes la recuerdan - Ulysses de momento tuvo una idea - Necesitamos su ayuda para recobrar lo que un día conocimos como nuestro hogar. Lo que alguna vez fue el planeta tierra. No están obligados a cooperar, pero la vida de todos está en juego - nadie parecía entender aún. Ulysses se sintió un tanto desalentado, no sabía cómo liderar. De repente escuchó una voz familiar como que salía de la tierra, era la voz de Badur - Tu puedes. Recuerda la infinidad que llevas dentro -

Ulysses tomó aliento y continuó - Yo he tenido la gracia de ver este, nuestro planeta, como una vez fue, y les digo es increíblemente maravilloso. Más árboles de los que se puedan imaginar, océanos inmensos y ríos del agua más pura que pudieran ver. Los animales viviendo en armonía, libres, con su propio espacio. El cielo es azul ¿Pueden creerlo? Un cielo de verdad, desde donde se respira oxígeno que te llena el vivir entero. Esto nos ayudaba a nosotros como seres humanos, y nos tratábamos mejor, nos teníamos más paciencia, éramos más amables los unos con los otros. Nos aceptábamos por quienes éramos. Este era el mundo que teníamos incluso mucho antes de la gran catástrofe. Y les aseguro, que si ayudan hoy, tendremos la oportunidad para volver a ese gran lugar que un día conocimos como nuestro hogar. Nunca es tarde para comenzar de nuevo. Unidos podemos comenzar de nuevo - hubo otro silencio - Ahora... ¿Quién dice yo? - preguntó finalmente Ulysses. Una mujer se adelantó y dijo - Ay que caramba ¿Si yo no ayudo a cambiar quién más lo hará? Yo me apunto - Y así otra persona y otra y otra persona se apuntaron hasta que terminaron todos por ofrecerse a ayudar - Estoy muy orgullosa de ti - escuchó Ulysses decir a Badur.

Los de la organización explicaron y distribuyeron el plan de la manera en que pudieron. De nuevo unos trabajando de adentro y otros de afuera. A sugerencia de Ulysses se habían dividido en cuatro equipos. El equipo Fuego se encargaba de las armas y de proveer el ataque ofensivo, el equipo Aire se encargaría de causar la distracción necesaria para la guardia aérea, el equipo Agua se encargaría de trabajar la tecnología y programas, y por último el equipo Tierra trabajaría como distracción para la guardia de las calles y recibiendo a los esclavizados, proveyéndoles el antídoto. El plan era capturar a los más esclavizados posibles para proveerles con el antídoto, batallando la guardia, mientras que un equipo élite liderados de nuevo por Manuel iba a ascender hacia la comunidad WEALTH, no tan simple. Pero contaban con la ayuda de Ulysses y con otros personajes que él estaba a punto de presentarles - Les tengo una sorpresa - le dijo Ulysses a Manuel cuando iban a salir de la base. Al salir de la base habían cuatro figuras altas y un poco extrañas esperandolos: Una monja, Un Mayordomo, Una Drag Queen y Un doctor. Hasta Ulysses se sorprendió - Les dije que no volvieran a ponerse esos disfraces - les dijo Ulysses en voz baja - ¿Y quienes son estos Ulysses? - preguntó Manuel - Eh...Esta es mi familia - dijo Ulysses un poco ruborizado - Ellos serán de tremenda ayuda - Manuel se quedó un poco confundido - ¿Ellos tienen "poderes" así como tú? - preguntó Manuel - Algo así - dijo Ulysses mientras Ag lo interrumpió - Bien... ¿Cual es el equipo Fuego? - preguntó Ag los cuales alzaron la mano y Ag se dirigió hacia ellos. Anna y Kia hicieron lo mismo. Kia le lanzó a Ulysses una guiñada pícara. Por último Badur le acarició el rostro a Ulysses - Muy orgullosa - le dijo con una sonrisa y Ulysses se volvió a ruborizar - Ok ma, que se van a dar cuenta - Badur se movió al grupo de Agua - Bien - dijo Ulysses intentando no causar más confusión o sospecha - ¿Creí que no tenías familia? - le preguntó Carlos - Es un poco difícil de explicar - dijo Ulysses. Finalmente iban de camino. Se dividieron por los sectores de la ciudad rodeando la estructura. Hicieron veinte grupos en total. Cinco por cada cuadra alrededor de la gran estructura. Los del equipo de Aire se montaron en carros voladores, los del equipo de Tierra en los transportadores de suelo mientras que otros utilizaban animales, y los del equipo de Agua y de Fuego se metieron en los edificios claves rodeando la estructura. El equipo Agua se mantenían escondidos con sus computadoras listas para "hackear" los sistemas de la guardia mientras que los de Fuego se colocaron en las ventanas de diferentes pisos con sus armas eléctricas preparadas. Ulysses iba seguido de Manuel y su equipo mientras que Badur, Ag, Kia y Anna intentaban integrarse como podían.

Todos comunicados. Que empiece la función. La organización atacó alternando niveles - Señal asegurada - transmitió el equipo Agua - Tienen la verde Aire - dijo Manuel por la radio - Copiado - dijo el equipo Aire y salieron volando por los aires de forma caótica. La guardia, como era de esperarse, al verlos salieron detrás de ellos. Parecían haber estado esperándolos muy alerta. El equipo Aire mantuvo haciendo movimientos circulantes cada vez más grandes en el aire a distintos niveles buscando engañar a la guardia haciéndoles pensar que estaban en el mismo perímetro cuando se encontraban cada vez más lejos. Sin que los jóvenes lo supieran, la estrategia se encontraba secretamente reforzada por Anna que azotaba aquí y allá con unas ráfagas de viento violentas cuando la cosa se ponía un poco difícil, mientras que permanecía bajo su inocente disfraz de mayordomo. Cuando la guardia aérea ya se encontraba lo suficientemente esparcida Manuel dio la segunda orden - ¡Tierra! Ahora - montados en los vehículos y animales reforzados con plástico sólido que Ulysses les había implantado y que Kia secretamente mantenía reforzados con concreto, el equipo Tierra salió de las sombras causando gran revuelo por las calles cerca de la estructura. La guardia ya se estaba dando cuenta de cómo la organización intentaba separar al equipo pero ya era demasiado tarde. La guardia había perdido control parcial de los sistemas gracias a Mica con el equipo Agua que los había "hackeado" ya. Claro, con asistencia de Badur que había metido parte de sus moléculas por las corrientes hasta llegar con mas rapidez al sistema de la guardia. Mica y el equipo Agua estaban llevando a los de la guardia de paseo por la ciudad controlandolos desde sus estaciones - Es como jugar con carritos de control remoto - exclamo con alegria Mica mientras buscaba conectarse a los maquinas aereas de la guardia - Es tiempo de movernos - dijo Manuel y Ulysses los escoltó hacia la estructura. Una vez cerca Ulysses creó una especie de jaula/plataforma de plástico sólido como el metal y reforzada con defensas para el grupo de Manuel que iría a ascender por los aires hasta llegar a la sociedad WEALTH. Una vez más Ulysses preparó las bocinas de la patineta y dijo por la radio - ¿Listo Fuego?

¡Listos! - respondió el equipo Fuego.

¡Y aquí vamos! - dijo Ulysses - Agárrense - Y entonces la plataforma comenzó a ascender de forma paralela a la estructura, mientras que Ulysses ascendía con ella dando maromas en el aire. Esta fue la señal del equipo Fuego que comenzó a disparar desde las ventanas de los edificios con sus armas eléctricas hacia los esclavizados. Las armas lograban llegar a tan larga distancia porque estaban secretamente reforzadas por Ag, que parecía no tener ningún problema con dispararle a humanos. Las armas estaban configuradas con el suficiente voltaje para deshabilitar a un ser humano pero no matarlo. Como era de esperarse, los esclavizados comenzaron a caer como moscas una vez eran impactados por la electricidad de las armas. Ulysses interceptaba a los esclavizados inconscientes en el aire con alguna pieza de plástico sólido creando para ellos una especie de sarcófago. Estos caían por el aire mientras que Kia los esperaba abajo amortiguando sus caídas convirtiendo el suelo lo suficientemente blando para que quedaran atrapados como en arena movediza sin causarles ningún daño. De una vez Aquiles les alimentaba los hongos proveyéndoles el antídoto. Hombres, mujeres, niños, envejecientes iban cayendo enterrados en el suelo mientras Badur dejaba su estación con el equipo Agua para nutrir a los cuerpos con el Agua Maravilla. Lo más difícil para los miembros de la organización y para Ulysses en este momento era reconocer personas o ver a un ser querido entre la multitud de aquellos esclavizados. Fue un reto que los jóvenes enfrentaron con gallardía y la esperanza de que les disparaban por su bien.

Todo iba corriendo de manera espectacular hasta que escucharon una transmisión en la radio de Mica con el equipo Agua - No logramos desactivar las armas "Seguridad Ocho". ¡Es casi imposible! - dijo Mica - El programa que tiene el sistema de activacion es tan viejo que ni Catalina existia aun - se quedaron mirando la radio - Alguien entendio lo que ella dijo? - pregunto Carlos desde dentro de la jaula - ¡Es mas viejo que la catastrofe misma! - dijo Mica por la radio - ¡Necesitamos más tiempo! - Pero no tenían más tiempo. La guardia ya se había dado cuenta de todo el plan y habían dejado de prestarle atención a los de la organización tanto en las calles como en el aire y se encontraban de camino de vuelta para asegurar la estructura. El número de la guardia aún seguía siendo mayor, así que tenían que actuar con rapidez. Un fenómeno extraño comenzó a ocurrir con los esclavizados. Estos extendieron su comportamiento identificando con especificidad a los de la organización. Y así los esclavizados más cercanos al suelo de la estructura comenzaron a bajar con gran velocidad dirigiéndose hacia los edificios en donde se encontraban los equipos de la organización. Eran demasiados. La organización no podía darles la oportunidad de que llegaran a la puerta de sus edificios ¿Que sería del equipo Agua? - ¡Están configurando las armas de la "Seguridad Ocho" para ser detonadas! - dijo Mica desde su estación del equipo Agua. La guardia tanto en tierra como en aire había comenzado a disparar desde lejos en contra de la organización impactando la estructura y otros cuerpos de los esclavizados - ¡Cabrones! - gritó Ulysses - No les importa - Ulysses bajó al suelo y comenzó a batallar en contra los de la guardia atrapandolos poco a poco dentro de masas de plástico sólido mientras los integrantes del equipo Fuego le disparaban con sus armas eléctricas a los esclavizados desde las ventanas para que no llegaran a las puertas de sus edificios. Los de la guardia aérea ya estaban llegando cerca de la estructura. Una vez de vuelta, desde el aire comenzaron a bajar, atacando más cerca en contra de los edificios donde se encontraban los del equipo de Agua y Fuego.

Eran demasiados objetivos para una ocasión, todo estaba a punto de irse al suelo una vez más. Estaban siendo demasiado ambiciosos, pero después de todo, no todos los días se derrocaba el poder corrupto que los tenía ahogados. Ulysses estaba seguro de que no se rendiría, vio que la organización tampoco lo haría. Ulysses tomó una pausa y recordó su entrenamiento con Kia y lo que su madre Badur siempre le decía: "Eres más poderoso de lo que crees. Recuerda la eternidad que existe en ti. Paciencia". Se le ocurrió una idea. Así Ulysses buscó en su armadura, sacó el frasco de cristal con las insignias "XX" y tomó un poco de esta. Sintió una vez más cómo la vida le corría por sus venas. Ulysses se concentró y en vez de pensar en las cosas siendo más pesadas, pensó en ellas siendo más livianas, dejó atrás toda noción de la lógica y de cómo se relacionaba con el mundo. Se concentró solo en su objetivo. De repente Ulysses salió volando dandole vueltas por el aire a la estructura gigante. A medida que iba volando alrededor a gran velocidad, Ulysses comenzó a llevarse consigo más y más piezas de plástico que pertenecían a los edificios de alrededor. Ulysses continuó aumentando su velocidad creando una especie de tornado gigante de piezas de plástico que comenzó a cubrir la estructura entera. Era increíble lo que estaba logrando hacer. Simultáneamente Ulysses propulsaba de estas piezas de plástico para que salieran volando disparadas como proyectiles en contra de los carros de la guardia aérea que iban cayendo estrellados. Tenía tanto poder aquel tornado de piezas de plástico que apenas se podía ver por fuera de él. La vibración de los objetos volando a máxima velocidad hacía que hasta la estructura temblara. Ulysses no cesó su movimiento. Los de la organización estaban anonadados ante el poder y la capacidad de Ulysses. Los dioses entendieron lo que habían creado - ¡Qué clase de estilo tiene el chiquillo! - Gritó con fuerza y emoción Kia disfrazado aún de Drag Queen. En ese instante Ulysses se había dado cuenta de que la plataforma con el equipo de Manuel no había cesado de elevarse, iban de camino al matadero - ¡Las armas están empleadas! - escuchó decir al equipo Agua por la radio. En efecto Ulysses pudo ver las armas gigantes de "Seguridad Ocho" de los WEALTH apuntadas y listas. Parecían cañones de guerra gigantes. ¿Con qué mentalidad se crearon estas armas? La mentalidad más cruel, pensó Ulysses mientras ascendía a toda velocidad a intentar detener las armas. Estaban a punto de disparar, no había tiempo para llegar hasta los cañones. El equipo de Manuel vio ascender a Ulysses a toda velocidad por su lado. De momento Manuel y su equipo pudo ver como las miles y miles de piezas que formaban el tornado gigante de plástico siguieron a Ulysses. Lo siguiente fue algo increíble: Ulysses fue formando una gran muralla de defensa con todas las piezas de plástico del tornado más otras que convocaba para reforzar. Era la línea de defensa final que tenían en contra de aquel ataque masivo. La muralla poco a poco iba creciendo tan grande como la misma plataforma que cargaba a la sociedad WEALTH. Estabilidad y perseverancia, fuerza y resistencia, pensó Ulysses, esos son los verdaderos valores de la tierra. El momento de la verdad: las armas dispararon. Se produjo una luz brillante del fuego de los cañones y el impacto en contra la muralla de Ulysses fue tan grande que era ensordecedor. La vibración que causó el impacto era tan fuerte que hizo crujir todos los edificios de la ciudad. Lo último que vieron los de la organización, los esclavizados que habían despertado y los dioses fue la imagen de Ulysses ante todo. El reflejo de la luz los cegó. Hubo un silencio y cuando la luz se disipó, vieron cómo llovían las piezas de plástico y junto a ellas Ulysses caía desde lo alto - Ulysses! - gritó Manuel mientras que la plataforma del equipo comenzaba a caer también. No había nada que él pudiera hacer en ese momento. De repente Anna apareció por debajo de la plataforma y la impulsó con aire para que esta continuara ascendiendo mientras aquel equipo veía a Ulysses caer. Se debían concentrar en lo que aún le quedaba por enfrentar. No quería que su frustración alimentara su furia. Conociendo a los WEALTH, debía enfrentarse a ellos con cabeza fría. Ya estaban a punto de llegar. El aire se había convertido muy frío, el humo que habían creado los cañones comenzó a disiparse y ya la plataforma de la sociedad WEALTH se veía con claridad - Manténganse alertas en todo momento. Nos tienen que estar esperando - dijo Manuel. Tan pronto la plataforma llegó al nivel de aquella perfecta sociedad celestial, Manuel dio la señal para que todos saltaran de la plataforma...pero no encontraron a nadie. Todo estaba callado, muy callado. Era como si hubiesen ordenado a evacuar la ciudad ¿Dónde se iría toda aquella gente de esa sociedad? Manuel y su equipo continuó precavido hacia la torre del líder. Manuel sabía que este traía algo fuerte entre manos, el líder no era de regalar nada. Manuel sabía que todo aquel esfuerzo le iría a costar algo grande. El equipo llegó al fin al portón de la gran torre del líder y Nico volvió a codificar la gran verja abriéndola, cuando al fin Manuel pudo ver el gran problema que les aguardaba. Allí estaban, en las afueras de la torre sobre los jardines ficticios, la guardia élite WEALTH esperándolos, preparados con sus armas. Dentro de toda aquella amalgama de guardias, Manuel pudo ver una cara que reconoció al instante, la de su hijo, y una voz de la que nunca se olvidaría - Que bueno verte de nuevo viejo amigo - dijo el líder adelantándose de entre la guardia.

14

EL DESPERTAR

SIN PODER ABRIR LOS OJOS. SIN PODER MOVER ALGÚN MÚSCULO, Ulysses caía. La energía completamente fuera de su órbita. Aun así continuaba despierto - Al menos hice todo lo que pude. Después de tanto trabajar - Pensó Ulysses. El suelo se acercaba a gran velocidad mientras Ulysses caía. Los de la organización con sus carros voladores vieron a Ulysses caer e iban a toda velocidad para ver si tenían la oportunidad de romper su caída o atraparlo en el aire. Pero no les iba a dar tiempo, estaban demasiado lejos. Anna iba de camino a toda velocidad en el aire para intervenir cuando ocurrió un milagro, como suele suceder con este tipo de cosas: Los jóvenes de la organización no podían creer lo que estaban viendo. Los esclavizados que aún se encontraban en la estructura, dejaron sus trabajos, y así mismo como formaron cadenas para trabajar unos encima de otros y formar la estructura gigante, formaron una cadena gigante amorfa de personas, lanzándose para capturar a Ulysses en el aire...hasta que lo consiguieron.

Una vez a salvo, los esclavizados bajaron a Ulysses poco a poco hasta dejarlo tendido en la calle, de donde lo recibieron Badur, Kia, Anna y Ag en sus formas originales. Una vez lo tendieron allí, los esclavizados se iban desmayando y cayendo inconscientes en la calle alrededor de Ulysses y los dioses. Ulysses aún despierto con los ojos cerrados preguntó - ¿Ya? - Badur sonrió y le contestó - Ya - Ulysses intentó entonces abrir los ojos - ¿Que está pasando? ¿Qué les pasó a las personas? - preguntó casi inconsciente - Tú les sucediste cariño - le contestó Badur con orgullo - Lo lograste - le dijo mientras le acariciaba la frente - Tu amor por tu gente reorganizó todas las neuronas de los esclavizados, liberándolos - Kia se le acercó y le dijo - Eres el rey del estilo chiquillo - y se echó una pequeña carcajada - Los jóvenes de la organización no encontraban sentido a lo que estaba sucediendo ¿Que había sucedido con los esclavizados? ¿Y qué eran aquellas cuatro figuras gigantes alrededor de Ulysses? - Aún nos queda algo por hacer - dijo Badur y juntos los cuatro dioses elevaron a Ulysses y continuaron por el aire de camino hacia los WEALTH. Mientras se elevaron por el aire una llovizna de agua pura comenzó a caer y los esclavizados comenzaron a despertar en su estado de normalidad. Lo primero que muchos pudieron ver fue a Ulysses siendo cargado ascendiendo a los cielos con los dioses - ¿Que pasó? - comenzaron a preguntar muchos.

Sabía que podía confiar en tí - dijo sardónicamente el líder - Sabía que te necesitaba para mi plan. Hiciste mejor de lo que esperaba en realidad. Yo simplemente quería construir un monumento y tú ayudaste a destruir todas y cada una de las personas que viven en la ciudad. Sin mencionar que me diste motivo para probar "Seguridad Ocho" ¿Sabías que en toda la historia solo se había utilizado dos veces desde la gran catástrofe? - Manuel estaba ya harto - ¿Cómo es que dicen? La tercera es la vencida - Manuel rompió formación y fue a atacar primero pero su hijo Constantino se metió en medio de Manuel y el líder - ¿Qué crees que estás haciendo Constantino? - preguntó Manuel - ¡Sal de mi camino!

Ay Manuel, no aprendes - dijo el líder - Nunca te diste cuenta que siempre estuviste en el equipo equivocado. Nosotros siempre hemos sido el futuro. La especie superior. Los originales escogidos por los dioses.

Los dioses no nos escogieron a nosotros - lo interrumpió Manuel - Los escogieron a ellos. A esa otra mitad que vive tan feliz allá abajo. Mientras que nosotros acá arriba con el lujo y la "clase" vivimos bajo la ilusión de que somos más. Vivimos atrapados en realidad, presos de nuestro propio ego - En ese momento el líder ordenó a los de la guardia a que apuntaran a Manuel. Manuel se había dado cuenta de que otras personas de la sociedad WEALTH se habían acercado al otro lado de la verja ver lo que sucedía. Escuchaban muy atentos a lo que Manuel decía - Estás más perdido de lo que pensaba querido amigo - dijo el líder mientras se acercaba entre él y Constantino - Ahora tu hijo se quedará conmigo y llevará una vida digna donde continuará aprendiendo el verdadero valor de nuestra especie. Manuel le escupió en la cara al líder lo que provocó a este ir a agredir a Manuel cuando uno de los jóvenes intervino y con rayo de su arma por poco electrocuta al líder si no fuese porque uno de la guardia recibió el tiro por él...de nuevo. Esta acción le dio rienda a la guardia a que actuara en contra de los jóvenes, apoderándose de ellos en un instante. No tenían que hacer o a donde ir. Estaban a punto de conocer su destino. Los arrodillaron a todos junto a Manuel mientras el líder se volteó hacia su público que miraba desde lo lejos, ya habían bastantes allí reunidos, preocupados, confundidos con los que allí acontecía - ¡Acérquense! - gritó el líder - Para que vean la escoria que se encuentra debajo de nosotros. ¡Y en lo que se pueden convertir si cruzan la línea y caen tan bajo como para compartir con ellos! Estos individuos, buscaron usurpar nuestro proyecto para crear la sociedad más alta en su clase que este mundo jamás haya podido ver, y tienen la osadía de venir aquí, a mi hogar, a intentar destruir nuestra forma de vida - con cada palabra que decía el líder se agitaba más y más - ¿Que creen que debamos hacer con esta escoria?! - Alguien de la sociedad gritó: ¡Elimínenlos! Hasta que todos comenzaron a cantar a coro esta palabra. El hijo de Manuel no tenía palabras - Bueno viejo amigo, hay que darle al pueblo lo que quieren - dijo el líder volteandose hacia Manuel - Pero...para que el pueblo vea lo grande que puede llegar a ser mi generosidad, estoy dispuesto a darte otra oportunidad. En nombre de nuestra amistad - dijo el líder y un silencio sepulcral se apoderó del espacio - Aun así tus faltas han quedado marcadas en el corazón de nuestra sociedad, y por eso te reto a un duelo - dijo el líder tomando un guante que tenía en su chaqueta y la dejó caer en frente de Manuel. Cuánta teatralidad, pensó Manuel. La guardia WEALTH soltó a Manuel - Levántate - le dijo el líder - Y recoge tu arma - Así hizo Manuel. Uno de los de la guardia se acercó al líder y le dio una de sus armas. Cuando estaban a punto de comenzar el líder interrumpió - Un detalle: Como saben, nuestra constitución le garantiza a su líder al mando, total y completa inmunidad en contra de cualquier actividad que pueda perjudicar sus intereses. Así que utilizaré mi segundo - dijo el líder con una sonrisa - Constantino - Manuel quedó petrificado. Era incapaz de llevar a cabo un duelo en contra de su única razón de vida. Pero si no llevaba a cabo el duelo, la ejecución de los jóvenes de la organización era definitiva. Tenía que tomar una decisión. Necesitaba más tiempo. Manuel buscó la mirada de su hijo, pero Constantino no podía ya mirarlo a los ojos. La vergüenza no le permitía subir la mirada. Así que Manuel se enfocó en los que verdaderamente habían estado con él hasta el final - En nombre de Ulysses, ya sé que nombre me gustaría ponerle a nuestra organización: Sumerio - le dijo Manuel a los jóvenes.

Hicieron espacio. La guardia preparó sus armas para ejecutar mientras los jóvenes cerraban sus ojos. Manuel y Constantino tomaron sus armas y se acercaron. Se prepararon de espaldas uno al otro - Siempre estuve muy orgulloso de ti hijo mío - Le susurró Manuel a Constantino - Lo siento tanto que no te pude salvar - Y comenzaron a contar - ¡Uno! ¡Dos! ¡Tres! - Cada paso se hacía más eterno que el anterior - ¡Cuatro! ¡Cinco! - ¿Cómo había terminado allí?, pensó Manuel - ¡Seis! ¡Siete! ¡Ocho! - Pero... ¿Qué más podría hacer? - ¡Nueve!...¡Diez! - Manuel se giró y no levantó su arma, pero sí su mirada a su hijo con su arma apuntada. Constantino temblaba, tenía lágrimas en los ojos y la misma mirada de confusión e incredulidad ante ese momento tan inefable - ¡Fuego!!! - gritó el líder - ¡Fuego Constantino!! - pero Constantino no podía, y el líder lleno de furia se adelantó - ¡Si no le disparas tú, le disparo a todos los demás que están con él! - Manuel intentó despedirse de su hijo con su mirada - Tranquilo Constantino - dijo Manuel - Hazlo - Pero Constantino bajó su arma. En ese momento el líder le arrebató el arma a Constantino dispuesto a dispararle a Manuel - ¡Dije Fuego!!! - Y eso fue lo que recibió. De momento unas llamas que parecían del eterno infierno rodeó el espacio entero subiendo hacia el cielo como si fuera el lanza llamas más inmenso del planeta. Eran tan calientes las llamas que los rodeaban que casi nadie podía abrir los ojos. Todos cayeron al suelo intentando cubrirse del calor, mientras que entre las llamas los cuatro dioses Badur, Kia, Anna y Ag aparecían por ellas en su estado original. Los cuatro dioses aterrizaron en línea entre la guardia WEALTH y los de la organización - Y quienes son ustedes para determinar nuestra preferencia - dijo con voz amenazadora Ag. Se notaba que esta era su parte favorita. La guardia y los demás de la sociedad WEALTH no se atrevían subir la cabeza para ver, pero el líder si se atrevió - Tu - dijo Ag - La insolencia que emana de tus entrañas ha llevado a este pueblo a lo más bajo de la moral que pudiera existir en el alma de un ser humano, por eso y por muchos crímenes más, hacia allí te dirigirás - Acto seguido

Ag concentró su mirada en los ojos de el líder. Fue como si se hubiera borrado de él toda señal de su alma. El cuerpo del líder estaba allí despierto, pero no había nadie en casa, poco a poco su físico se comenzó a descomponer pieza por pieza. Algo muy difícil de ver.

Así como las llamas aparecieron, volvieron a desaparecer y el vapor se convirtió en humo y el humo se convirtió en gotas de agua flotando entre todos allí. Los dioses se dirigieron hacia los de la comunidad WEALTH allí presentes que aún no levantaban sus cabezas. La mera presencia de los dioses no les permitía - Agua nueva se recrea dentro de todos ustedes - dijo Badur suavemente - Levántense mis niños y reciban esta nueva resolución. Sean uno con el Universo. Luchen siempre por la bondad entre su prójimo y con el mundo que les rodea tan vivo como ustedes - Anna continuó - Que el amor sea como el oxígeno más puro que respiran en un nuevo día - Los dioses se voltearon hacia la organización de los jóvenes que continuaban arrodillados - Y que siempre que se sientan perdidos, encuentren almas valientes dispuestas a encontrar un suelo fértil donde aterrizar - terminó Kia y les hizo una señal a todos para que se voltearan. Manuel se volteó rápidamente y vio a Ulysses de pie detrás de ellos con la gran sonrisa de siempre - ¡Wepa! - dijo Ulysses - ¡Ulysses! - gritó Martirio y todos fueron a abrazarlo. Los demás jóvenes de la organización se unieron en un abrazo colectivo.

UNOS DIEZ MESES habían pasado ya. La ciudad aún estaba en reconstrucción, ambas física y moralmente. Los ciudadanos habían perdido más que sus casas o bienes materiales. Habían perdido seres queridos, se sentían usados, pero despiertos a la realidad. Ulysses había sido gran parte de la reconstrucción junto a la organización que había adoptado el nombre de "Sumerio" como había propuesto Manuel. Sumerio se había convertido en una de las joyas del pueblo. Cada una de las personas que fueron parte de su desarrollo fueron homenajeadas propiamente y se habían implementado como líderes dentro de la comunidad. Los jóvenes que habían sido arrestados por la guardia fueron liberados, y la guardia WEALTH desmantelada. En vez se había creado una organización reestructurada para servirle a ambas sociedades con sus sedes abajo en la ciudad de Río de Janeiro. Todo esto sin la ayuda de los dioses por supuesto, no todos podían saber la verdad sobre ellos. Así que una vez más dejaron que los rumores se divulgaran por doquier hasta convertirse en celebraciones y leyendas. La comunidad WEALTH se había integrado a la otra mitad. El acceso a ambas sociedades ya era libre sin necesidad de pasaportes o boletos de vuelos comerciales. Ambas sociedades tenían tanto que aprender una de la otra que se hacían intercambios de toda clase. En la ciudad se habían propuesto sembrar más árboles y ser más conscientes de cómo se puede revivir el medio ambiente por más difícil o imposible que pareciera. Los ciudadanos se habían dado la tarea de tomar todas las plantas y flores de los que eran tan fanáticos de ellas y las habían sembrado en las calles, y en las paredes de los edificios, haciendo la ciudad lucir mucho más viva y colorida. Después de todo el dios de la tierra le había dado un gran consejo: Si dejas a la tierra sola, esta encontrará la manera de restablecerse por sí misma. Y así fue, poco a poco el oxígeno se iba volviendo más puro dentro de la BOPUL y las áreas verdes habían aumentado en cantidad y tamaño. Pero el milagro más grande que había sucedido hasta entonces era que unos aseguraban haber visto un poco de agua a lo lejos en los mares de lava por fuera de la BOPUL.

Manuel y su hijo Constantino finalmente se habían reconciliado. Manuel había vuelto a ser parte del gobierno, pero del nuevo gobierno, conformado por miembros de ambos lados de la sociedad seleccionados democráticamente que representaban los intereses del pueblo. Habían utilizado la estructura que se había construido parcialmente y establecieron el capitolio allí. Gracias a la influencia y el trabajo de su padre, Constantino desarrolló un proyecto que se componía de utilizar los túneles para sacarles provecho. Los túneles los habían convertido completamente en invernaderos donde cultivaban y producían siembras para fomentar los alimentos orgánicos. Habían construido un sistema de reflectores que dirigía la luz solar hacia estos invernaderos para que fuera exitoso. Los animales habían vuelto con sus familias, y los muchos que se habían quedado sin familias debido a la tragedia que habían vivido, fueron adoptados por otras. Secretamente muchos de estos animales fueron trasladados al mundo de los dioses para que vivieran libres en la selva amazónica. El Festival de los dioses continuaba, y ahora con más auge que los años anteriores debido a la fe reforzada por los eventos de ese pasado año.

En cuanto a Ulysses, ya no estaba tan solo que digamos. En la ciudad ya todos lo conocían bien. Era, lo que conocemos como: Un Superhéroe. Aunque aún permanecía viviendo en su pequeño apartamento con su pequeño reptil amigo Aquiles y sus flores, se pasaba entre dos mundos, el suyo y el de su familia, los dioses.

Un día Ulysses decidió llevar las cosas a otro nivel. Pidió permiso para llevar a los integrantes de Sumerio al mundo de los dioses para rendirle el homenaje que se merecían, y para que también ellos pudieran ver lo verdaderamente hermoso que puede ser el mundo. Así que escogieron un día y Ulysses, con ayuda de los dioses los cegó a todos para que no pudieran ver cómo llegar. Una vez allí tuvieron una celebración casi igual de grande que la del festival de los dioses donde los miembros de Sumerio pudieron conocer personalmente a todos y cada uno de los dioses. La fiesta equivalió a tres días en el mundo de los humanos.

Cuando todos regresaron al mundo de los humanos, ya había algo esperando por ellos. En la distancia, por fuera de la BOPUL, vieron como se acercaba una nave espacial gigante con una bandera de otro país plasmada en ella - ¿Qué carajo es eso? - preguntó Martirio - Es la bandera de lo que una vez se conoció como los Unidos Estados...no, los Estados Unidos - respondió Mica que había hecho una búsqueda en la red - ¿Pero porque aun mantienen esa bandera? - preguntó Carlos. Una señal se reflejó en el cielo de la BOPUL donde apareció un señor colorado y con bigotes pintados de negro hablando con un acento muy malo - Les queremos extender una cordial invitación a la llamada organización "Sumerio" para que junto a sus lideres y fundadores nos acompañen en nuestra próxima conferencia celebratoria anual. Este mensaje será transmitido de nuevo en veinticuatro horas. Les saluda cordialmente la sociedad WEALTH de la ciudad de NEW YORK - Ulysses, Manuel y los jóvenes se miraron - Aquí vamos de nuevo - dijo una voz de susurro detrás de ellos, era Anna junto los demás dioses - Al parecer es mi turno - dijo Anna a Ulysses con una sonrisa mientras este se rascaba los ojos - Vamos pues.

Fin

(Por ahora...)

15

LA ÑAPA

ESPACIO EXTERIOR. BADUR CALLABA, ESCUCHANDO EL ESPACIO EN su vasta inmensidad. Estaba como volviendo a despertar, volviendo a reencontrarse, a sentirse llena de nuevo. Cuando sintió una presencia cerca de ella que era incluso más grande que el cosmos gigante que se encontraba a su alrededor. Badur se volteó rápidamente pero solo pudo ver la tierra flotando sola en la oscuridad. La tierra ya estaba tomando unos pequeños destellos de los colores que una vez iluminaban su superficie. Está funcionando, pensó Badur.

Así es - dijo una voz muy honda. Kia se acercaba por el aire a su encuentro y junto a él se encontraban no muy lejos, Anna y Ag.

Eras tú - dijo Badur relajada, pensé que había sentido la presencia de alguien más.

¿Quién más pudo haber sido cariño? - Preguntó Kia sonriente.

No lo sé - Contestó después de un momento. Pero ella tenía una idea que guardaba en su cabeza, pero más en su corazón.

Aquí nos encontramos una vez más - dijo Anna y luego de un momento de consideración dijo - Oye... ¿Piensan que aquel

William habrá basado las brujas de aquella obra famosa en nosotros?

Lo dudo mucho - respondió Ag - Son tres brujas en la obra.

Es cierto - dijo Anna pensativo.

Entonces los cuatro miraban la maravilla del planeta que juntos habían construido, destruido y poco a poco iban volviendo ayudar a renacer con una nueva esperanza.

¿Cuánto tiempo piensas que nos tomará todo esto? - preguntó Kia a Badur.

El tiempo que sea necesario - respondió Badur con suavidad.

Esperemos entonces que no sea mucho - añadió Ag - No creo que pueda estar en este planeta por mucho más.

¿Cómo dices esas cosas? - irrumpió Kia - Has llevado todo este tiempo con las mismas actitudes y francamente ya me tienes un poco cansado...cansada - le dijo Kia muy seco a Ag, quien lo miró con desdén - Estamos salvando el planeta por nuestra cuenta, sin la ayuda de la federación. Tenga una poco de paciencia hombre!

¡No soy ningún hombre! - dijo Ag enojado.

¡Es un decir! - respondió Kia con la misma molestia - Deje de estar enfocandose en el problema y dele la bienvenida a la solución. ¡Cuanto tiempo con la misma actitud!

Cálmense - dijo Anna - Discutir no resolverá nada.

Kia y Ag se calmaron y volvieron su mirada al planeta. Para su sorpresa Nammu se encontraba no muy lejos observándolos en su forma de pequeña anciana.

¿Cansados ya unos de otros? - dijo Nammu - Si solo llevamos cuatro billones de años juntos. No me parece tanto tiempo - dijo en forma de broma - Debo felicitarlos chiquillos. Pienso que están haciendo un trabajo excepcional. Ese Ulysses es un ser especial. Pienso que va a llegar a hacer muchas más cosas de lo que pensábamos que sería capaz. Una vez más están viendo el fruto del trabajo que pueden lograr si trabajan juntos en armonía el uno con el otro - dijo Nammu. Luego miró a Ag y a Kia a los ojos y añadió - A pesar de sus diferencias.

Ag y Kia no lo querían admitir pero se sentían un poco avergonzados.

Pienso que si siguen así - dijo Nammu - Creo que podrán cumplir su sentencia y volverán a sus hogares mucho antes de lo que piensan. Sin mencionar todo lo que habran descubierto de ustedes mismos y de todo lo que el Universo verdaderamente puede proveer - habiendo dicho esto Nammu les guiñó un ojo y se volteó - Ah y por poco se me olvida. Un representante de la federación los está esperando. Creo que tiene que ver con su participación en todo aquel episodio de la estructura.

¡Por los dioses! - exclamó Kia - Si no fue ni contacto directo - dijo en forma de protesta.

A lo que Nammu se encogió de hombros mientras descendía por el aire de vuelta a la tierra y dijo - Yo solo soy la mensajera.

A ella le encanta ser misteriosa - dijo Anna mientras comenzaba a seguirla. Kia estaba dispuesto a hacer lo mismo cuando notó que Badur se había quedado muy quieta y se volteó hacia ella y le dijo - ¿Vienes?

Sí, voy en un momento - respondió Badur. Kia le lanzó otra mirada a Ag, quien no dijo nada, y Kia continuó descendiendo detrás de Anna y Nammu. Badur y Ag se mantuvieron en completo silencio por un momento. Luego Ag se adelantó a interrumpir aquel momento.

¿De verdad piensas que esto va a funcionar? - le preguntó Ag a Badur.

Badur solo se limitó a mirar a Ag a los ojos. Estos dos tenían tanta historia juntos que a pesar de ser tan distintos se entendían sin tener que decirse palabra alguna.

Creí que era él hace un momento - dijo Badur - Sentí su presencia. Pero no pudo haber sido. Es imposible.

Yo también siento su presencia en ocasiones - dijo Ag - Creo que seguirán siendo parte de nosotros por siempre. No nos queda más que acostumbrarnos a su ausencia y a la idea de que quizás algún día, algún día...- Ag no terminó el pensamiento y comenzó a ascender a la tierra.

Badur se quedó allí sola una vez más, tomando toda la energía del planeta cuando volvió a sentir aquella presencia y se volteó repentinamente al vacío. Pero esta vez sí había alguien allí

- No es posible - dijo Badur.

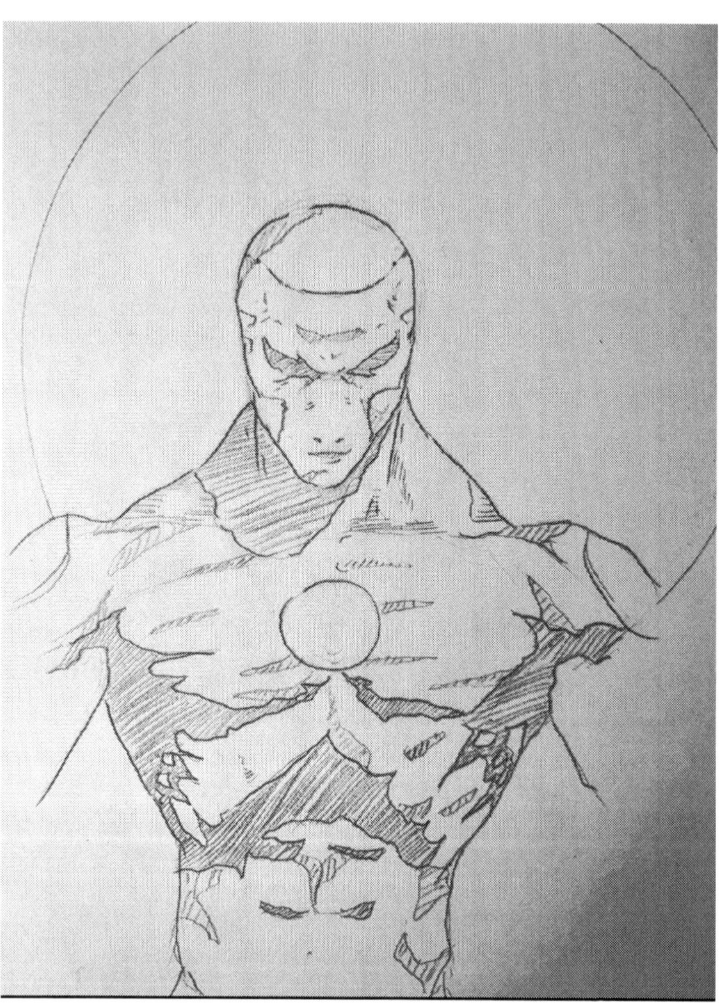

ACERCA DEL AUTOR

Yamil Eduardo Ruiz es un autor Puertorriqueño, oriundo de Mayagüez. Completó sus estudios subgraduados en la Universidad de Puerto Rico con un bachillerato en Artes y continuó sus estudios en London Academy of Music and Dramatic Art donde adquirió su grado de Maestría en Actuación Clásica. Desde pequeño se ha dedicado a escribir cuentos cortos y guiones de cine hasta completar esta su primera novela.

Made in the USA
Columbia, SC
17 September 2024

41934550R00129